AF203040

Flårjan Hærberhøld · Tödliche Hatz

FLÅRJAN HÆRBERHØLD ist das Pseudonym eines jungen Autors, der – wie unschwer zu erkennen –ein Faible für Schwedenkrimis hat. Es handelt sich dabei um einen Fantasienamen, mit dem er gleichzeitig drei Menschen seine Anerkennung ausdrücken möchte, die ihn zum Schreiben motiviert haben. Er hat selbst glücklicherweise keinen Amoklauf miterleben müssen und auch sonst keine Traumata aus seiner Schulzeit davongetragen, die er mit diesem Text verarbeitet.

Dennoch: Vor allem die Begriffe Emsdetten und Winnenden haben sich fest ins Gedächtnis der deutschen Gesellschaft eingebrannt – und es bleibt zu hoffen, dass sich dies nie wiederholen wird!

Flårjan Hærberhøld

Thriller

Triggerwarnung: Dieser Text enthält Gewalt- und Leiddarstellungen sowie – und das sollte man nicht unterschätzen – die Beschreibung Stress auslösender Schulsituationen.

Februar 2024
© 2024 Flårjan Hærberhøld
Layout, Satz & Umschlaggestaltung: Dirk Peschl, München
Gesetzt aus der Minion Pro, Helvetica, 28 Days Later
Druck und Distribution: tredition GmbH, Ahrensburg

ISBN Softcover 978-3-384-12596-5
ISBN E-Book 978-3-384-12597-2

Für Corinna,
die mich ermutigt hat, diesen Text überhaupt zu veröffentlichen.

GEGENWART

27. April, 15:47 Uhr

Dienstagnachmittag.
Halb vier Uhr.
Oder war es erst zwei? Oder doch bereits fünf?
Jegliches Gefühl war wie aus mir gesogen. Es hätten auch drei volle Tage vergehen können, ohne dass ich dies registriert hätte.

Nicht einmal in meinen schlimmsten, dunkelsten Vorstellungen hätte ich mir dies ausgemalt. Doch eben ein solcher Albtraum schien nun Realität geworden zu sein. Und ich in seinen Untiefen gefangen.

Grelles Licht wurde von weißen Wänden reflektiert und verstärkte die Helligkeit in dem Gang, in welchem ich mich befand. Mein Gesicht nur wenige Zentimeter von der dicken Glasscheibe desjenigen Raumes der Intensivstation entfernt, in der sie sich befand.

Einfach daliegend.

Um ihr Leben kämpfend.

Ihr Kopf lag in einem welligen See ihres kakaobraunen Haares. Ihre saphirblauen Augen waren unter zarten Lidern verborgen, als ruhte sie in Morpheus' Armen.

Würde da nicht ein Schlauch des Respirators in einer durchsichtigen Maske in der Schönheit ihres Gesichts münden. Das Elektrokardiogramm warf in regelmäßigen, doch noch sehr großen Abständen ein lautes Piepen in den Raum.

Wie lange ich auch bereits vor diesem Fenster stand, ein Lebenszeichen von der anderen Seite der Scheibe wollte sich nicht bemerkbar machen. Inständig hoffte ich, dass das EKG mich nicht in einem Anflug von besonderer Bosheit einfach anlog.

Wie konnte das alles nur geschehen? Wie war es so weit gekommen?

VERGANGENHEIT

Etwa acht Stunden vorher

Dienstagmorgen.
Kurz nach halb acht Uhr.

Es traf mich wie ein Schlag. Welch ein Unglück – eine Katastrophe!

Auf dem Weg zur Schule, den nächsten langen Unterrichtstag mitzuerleben, dachte ich an das, was heute eigentlich hätte passieren sollen. Nach Unterrichtsschluss einen weiteren schönen Nachmittag mit der Freundin verbringen, sie vielleicht auf ein Eis einladen und mit ihr das schöne Wetter genießen. Das hätte mir den Vormittag auf jeden Fall entschädigt.

Doch es sollte alles ganz anders kommen – so rot, wie mich der Morgenhimmel begrüßt hatte. Als ich um die Ecke bog, um zum Haupteingang das Schulgebäude zu betreten, kamen mir einige kleinere Mitschüler entgegen.

Verzweifelte Schreie.

»Ruft die Polizei!«

Ein fast schon erwachsener Schüler, vermutlich einer aus dem Abiturientenjahrgang, kam herausgestürmt, sein Handy in der Hand haltend: »Wir brauchen sofort einige Krankenwagen hier!«

Als ich ihn von vorne betrachten konnte, bemerkte ich die frischen roten Sprenkel an seinem Pullover.

War denn heute eine Theatervorführung, von der ich nichts wusste? Kopfschüttelnd betrat ich das Schulhaus – um im nächsten Moment wie vom Donner gerührt stehen zu bleiben.

Überall, ob an den Wänden, an der Decke, an den Säulen in der Aula, an den Tischen und Stühlen neben dem Kiosk, an Treppengeländern, Fenstern und vor allem am Boden, klebte, rann oder floss eine rote Flüssigkeit, von der ich genau wusste, was es war.

Schüler rannten schreiend umher, wälzten sich vor Schmerz am Boden, während sie den ohnehin schon blutüberströmten Boden weiter rot färbten. Doch manche Schüler regten sich auf ihm auch bereits gar nicht mehr. Leblos lagen sie da, umgeben von der Collage eigenen und fremden Blutes.

In meiner Nähe versuchte ein kleiner Junge, einen seiner Freunde auf dem Boden ein wenig zu stützen. Ich eilte sofort dorthin und half ihm. »Danke«, murmelte der Junge nur.

Es war offensichtlich, dass sie unter Schock standen. Ich musterte den Jungen am Boden ein wenig genauer. Er selbst hatte überhaupt kein Wort hervorgebracht, dafür jedoch umso mehr Blut aus kleinen, schwarz umrandeten Löchern, welche überall an seinem kleinen Körper zu sehen waren.

Glücklicherweise schienen keine lebenswichtigen Stellen getroffen worden zu sein. Dennoch sollte der Junge – ob des Blutverlusts – möglichst schnell ärztliche Versorgung erfahren!

»Bleib bei ihm!«, sagte ich seinem Freund, richtete mich auf und machte mich auf den Weg zu unserem Sekretariat. Warum in Gottes Namen hat von dort noch keiner Polizei oder Sanitäter benachrichtigt?

Die Antwort darauf gab meinem Magen fast den Rest. Die Tür zum Sekretariat stand einen kleinen Spalt offen. Als ich sie weit aufstieß, bot sich mir ein Anblick, der nur dem grausamsten Teil der Hölle entsprungen sein konnte.

Es sah genauso aus, wie in unserer Eingangshalle. Blut, wo ich nur hinsah. Eine Sekretärin, welche ihren letzten Lebensmoment am PC verbracht hatte, war mit einer Reihe Kopfschüssen getötet worden. Blut und Gehirnmasse wurden durch die Einschusslöcher sichtbar. Eine andere hatte wohl am Fenster gestanden, als die Schüsse gefallen waren. Eine Kugel hatte sich durch ein Auge gebohrt.

Ich machte einen Schritt aus dem Zimmer heraus, um kurz wegschauen zu können. Mit einer Hand stützte ich mich am Türstock ab.

Da fiel mein Blick auf unser *SmE*-Zimmer.

Schüler mit Engagement.

Mein Herz nahm den Aufzug nach ganz weit unten. Ich kannte einen bestimmten Menschen, der Mitglied bei der SmE war.

Nein! Bitte nicht!

Ich spurtete zur Tür des Raumes. Ob die beiden Körper, die ich bis dahin passierte, noch zu den Lebenden gehörten, hätte ich im Nachhinein beim besten Willen nicht sagen können. Wie durch einen stockdunklen Tunnel spurtete ich den Flur entlang, an dessen Ende eine blau lackierte und mit silbernen Lettern versehene Tür auf mich wartete.

Schon aus der Entfernung war zu erkennen, dass sie nur angelehnt war. Immer noch rennend klammerte ich mich an den Gedanken, wer auch immer das hier angerichtet hatte, könnte einfach an der geschlossenen Tür vorbeigezogen sein.

Wie den bedauernswerten Wesen in der Eingangshalle wurde auch meiner Hoffnung bitterböse mitgespielt.

Da lag sie. Ihre weiße Jacke neben ihr und alle Glieder von sich gestreckt. Als sie womöglich gerade ihre Jacke aufhängen wollte, hatte sie der Kugelhagel im Rücken erwischt. »Oh Gott, nein ...«, stammelte ich leise.

Nicht weit von ihr entfernt lag ein zweites Mädchen. Das Einschussloch knapp unter ihrem Hinterkopf genügte, um mir mitzuteilen, dass es für sie zu spät war. Ich stürzte auf meine Freundin zu und zog meine Jacke aus. Behutsam drehte ich sie ein wenig, sodass sie einigermaßen bequem auf meiner Jacke lag. Bebend vor Angst ergriff ich ihre Hand.

»Keine Angst, ich bin da«, flüsterte ich ihr zu, obwohl ich nicht wusste, ob sie mich verstehen, geschweige denn, mich überhaupt hören konnte. Ich drehte ihren Arm ein wenig und ließ meine Finger über ihre Handfläche zum Gelenk fahren.

Und fühlte ein Pochen!

Es war nicht sehr stark. Sehr langsam, doch reichte es aus, meinem Körper wieder etwas mehr Gefühl zurückzugeben. Sie war noch am Leben! Doch wie lange noch? Ich strich durch ihr weiches Haar, streichelte über ihre sanfte Wange und küsste sie ganz zart.

Wo bleibt nur dieser verdammte Krankenwagen?

GEGENWART

27. April, 15:51 Uhr

Während ich die ganze Geschichte von heute nochmals durchging, starrte ich unentwegt auf das wunderschöne Mädchen, mit dem ich noch keine vier Monate zusammen war.

Die Sanitäter waren zum Glück, kurz nachdem ich sie gefunden hatte, angerückt. Da sie nicht an Ort und Stelle behandelt werden konnte, war sie sofort in einem Krankenwagen abtransportiert worden. Die Sanitäter hatten sogar Verständnis gezeigt und mich im selben Krankenwagen mitgenommen. Allein hatte ich sie nicht lassen wollen. Wäre ich in der Schule geblieben, hätte die Sorge um sie mein eigenes Ende bedeutet.

Mit meiner Freundin waren noch siebzehn weitere in die Krankenhäuser in der Umgebung gebracht worden. Zum Glück haben wir hier genug. Sechs Schüler konnten vor Ort versorgt werden. Doch für elf Leute kam jegliche Hilfe zu spät. Drei Sekretärinnen und zwei Lehrkräfte waren unter den erwachsenen Opfern, von den Schülern waren zwei Fünftklässler, zwei Neuntklässler, ein Zehntklässler und einer vom Abiturientenjahrgang zu betrauern.

Soweit ich es mitbekommen hatte, war ein maskierter Kerl, womöglich in den Mittzwanzigern, in die Aula gestürmt und hatte angefangen, mit einer Maschinenpistole ziellos um sich zu ballern.

Ein glücklicher Umstand mochte wohl gewesen sein, dass um diese Uhrzeit noch nicht viele Schüler in der Aula versammelt waren – doch was nutzte dieser Umstand den Toten jetzt noch? Anschließend war er zum Sekretariat vorgedrungen, hatte danach dem *SmE*-Zimmer wohl auch einen Besuch abgestattet, um nur Minuten später wieder aus dem Schulhaus zu türmen. Die Polizei hatte ihn nicht mehr ergreifen können, jedoch sofort die Ermittlungen aufgenommen.

Hinter mir hörte ich schnelle Schritte. Ich wandte mich um. Die Mutter meiner Freundin kam auf mich zugelaufen. Da ich vor dem OP-Saal sowieso hätte warten müssen und es mir einfach zu dumm war, vor der verschlossenen Tür Däumchen zu drehen, hatte ich mich stattdessen nach draußen begeben und sie verständigt. Nun stand sie vor mir, leicht außer Atem und mit aschfahlem Gesicht.

»Wie geht es ihr?«

Noch ehe ich eine Antwort zustande bringen konnte, trat plötzlich ein ganz in Weiß gekleideter

Mann neben mich. »Hallo, Illberg mein Name, ich bin der Chefarzt auf dieser Station und für Ihre Tochter zuständig.«

»Nun«, wandte sich die Mutter schließlich ihm zu. »Können Sie mir sagen, wie es meiner Tochter geht?«

Der Arzt holte einmal tief Luft. Dann sagte er sehr ernst: »Es tut mir leid, Ihnen das sagen zu müssen. Die Umstände haben es nötig gemacht, Ihre Tochter in ein künstliches Koma zu versetzen. Ihr Zustand ist überaus kritisch. Wir versuchen unser Möglichstes …«

Ich konnte nicht mehr hinhören. Stattdessen wandte ich einen ausdruckslosen Blick zurück zur Scheibe und durch sie hindurch.

Auf das EKG.

Das Beatmungsgerät.

Das Bett.

Die blütenweiße Decke.

Und darunter ihr regloser Körper.

Wie von einer kräftigen, unsichtbaren Hand umschlungen krampften sich meine Eingeweide schmerzhaft zusammen. Nur mit Mühe konnte ich Tränen zurückhalten.

Nicht vor Schmerz und auch nur teilweise wegen des Anblicks, der sich mir bot. Nein, da war noch etwas anderes. Es breitete sich wie ein wütender Wespenschwarm in meinem sonst wie abgestorbenen Inneren aus. Doch trug es allmählich Gefühl in meine Glieder zurück, ließ einen einzelnen Wassertropfen an meinen Augen entspringen und eine glühend heiße Spur auf meiner Wange zurücklegen.

Hass.

Ein unsäglicher Hass gegenüber dieser Situation. Gegenüber dieses Irren, der sie heraufbeschworen hatte. Der drauf und dran war, mich eines geliebten Menschen zu berauben. Der dem Leben so vieler anderer auf rücksichtsloseste Weise ein so jähes Ende gesetzt hatte. Und der jetzt eben völlig unbehelligt seines Weges ziehen konnte.

In meinem Kopf war kein Platz mehr für rationales Denken. Es war Zeit, etwas zu unternehmen. Es war nichts Heldenhaftes dabei. Es war auch nicht ehrenvoll. Es mochte schlichtweg töricht sein. Um nicht zu sagen: dumm.

Doch außergewöhnliche Situationen erforderten außergewöhnliche Vorgehensweisen. So hat dieser Bastard es auch geschafft, mich zu verändern.

Indem ich ihm Rache schwor.

Und sollte es das Letzte sein, was ich tue.

VERGANGENHEIT

Drei Jahre zuvor, November

ch hätte gerne … für ein Interfieff …«
Diese süffisante Stimme, mit der der Deutschlehrer immer sein nächstes Opfer für die wöchentliche Abfrage zu sich nach vorne rief, hatte für das heutige etwas Endgültiges. Dazu noch diese lang gezogene und völlig falsch intonierte Version des Begriffes *Interview*, von welcher der Pauker offenbar glaubte, die Schüler fänden das lustig …

Als wäre sein Stuhl plötzlich glühend heiß geworden, erhob er sich – wenn man dem Unumgänglichen aufrecht entgegentrat, wenn man sein Schicksal akzeptierte, so hieß es, sollte es erträglicher werden … Himmel, wie hatte der Erfinder dieser Weisheit sich geirrt! – und trottete in Richtung Pult wie ein Delinquent zum Schafott.

Der Weg nach vorne kam ihm vor wie ein Tunnel und doch spürte er von links wie rechts die Blicke seiner Mitschüler. War es Mitleid? Immerhin hatte jeder vor ihm in diesem Schuljahr bereits dasselbe durchleiden müssen.

Oder Schadenfreude?

Schließlich gab es keinen Schüler, der lieber vom Deutschlehrer mit größtmöglicher Subtilität schikaniert wurde. Da konnte die mündliche Einzelprüfung für die Altersgenossen ja ein wahrhaftes Schauspiel werden.

»Ah, du hattest schon damit gerechnet heute?«, warf ihm der Lehrer entgegen. Seine Miene sollte sicher Überraschung suggerieren, doch sein Lächeln glich eher Stephen Kings Schöpfung Pennywise. Und wie eines der vielen unschuldigen Kinder, denen dieser Clown das weitere Fortleben zur Hölle machte, kam der sich auf seinen Richtplatz Zubewegende sich nun vor.

Am liebsten hätte er dem alten Arsch hinter seinem mit dem Lineal gestutzten Oberlippenbart eine schnippische Antwort entgegengeschleudert. Natürlich war mit seiner Abfrage heute zu rechnen. Außer ihm selbst hatte der Zufall jeden anderen Kursteilnehmer bereits auf jenen Platz beordert, auf den sich seine Schritte nun ausrichteten. Zufall … natürlich … dieses beschissene System, seinen fetten Wurstfinger auf einem beliebigen Punkt der Klassenliste sausen und dann einen Schüler eine Zahl zwischen eins und Klassenstärke nennen zu lassen … sein Lieblingsopfer hatte er sich dennoch bis zum Schluss aufgehoben.

Die Abfragen im Fach Deutsch der gymnasialen Oberstufe bei diesem Lehrer waren immer eine Tortur – jedenfalls war es ihm bei seinen sechsundzwanzig Vorgängern in diesem Kurs so vorgekommen –, was sie allerdings zur puren Folter entwickeln ließ, war die ›Tradition‹, sich auf einem Stuhl direkt vor dem Pult niederlassen zu dürfen. Nun waren sechsundzwanzig Augenpaare in seinem Nacken zu spüren – und auch, wie dieser, noch bevor die Qualen begonnen hatten, die Farbe schlimmsten Sonnenbrands annahm. Der Deutschlehrer sah plötzlich um einiges größer aus, was auch daran liegen mochte, dass man sich als Schüler auf diesem kleinen, unbequemen Holzstuhl zusammenkauerte, als befürchtete man, eine zu weit ausgestreckte Extremität könnte im nächsten Moment einfach abfallen.

Oder einfach abgeschlagen werden. Das überlegene Lächeln des Lehrers passte nahtlos dazu. So als würde die erste Frage lauten, wo er mit seinem Beil den ersten Hieb ansetzen sollte.

Gleich einer Raubkatze, die sich in ihrer Deckung angeschlichen hat und sich nun auf den finalen Sprung vorbereitet, hielt der Pädagoge einen Atemzug inne.

Diese wenigen Sekunden der absoluten Stille im Raum – der Ruhe vor dem Sturm – nutzte der Todgeweihte, sich die letzten Tage der Büffelei ins Gedächtnis zu rufen. Grundsätzlich war er kein schlechter Schüler. Ging es speziell um Deutsch, konnte man sogar behaupten, dass er sehr belesen und eloquent war. Seine Schriftsprache wurde von vielen Seiten hoch gelobt, ehemalige Deutschlehrer hatten seine Formulierungen in Aufsätzen anerkennend quittiert. Und auch durch das aktuellste Kapitel von Goethes Faust hatte er sich durchgebissen, den Textteil zu verstehen versucht und hielt sich gut auf mögliche Fragen zum Inhalt vorbereitet. Das beruhigte ihn … wie die arglose Gazelle in der afrikanischen Steppe jedoch ungerechtfertigterweise – und das Raubtier machte einen kräftigen Satz mit ausgefahrenen Klauen auf ihn zu: »Nun, nachdem wir jetzt knapp die Hälfte unserer schönen Lektüre durchgearbeitet haben: In welche Epochen wäre *Faust. Der Tragödie erster Teil* einzuordnen, und warum?«

Erste Frage und schon war er geliefert. Alles Vorbereiten der letzten Tage – lesen, Textstellen interpretieren, Bezug zur Gegenwart oder dem historischen Kontext herstellen – alles umsonst.

Beinahe körperlich war zu spüren, wie sich die Blicke der Mitschüler in seinen Rücken bohrten. Dem armen Todeskandidaten im Mittelalter, der sich in der Minute, ehe das Richtschwert geschwungen wird, entkleiden sollte, musste eine ähnliche Scham überkommen sein, wie ihm nun auf diesem Stuhl vor dem Lehrerpult in einem heruntergearbeiteten Klassenzimmer im zweiten Stockwerk eines Gymnasiums, das einige Jahre später durch einen schrecklichen Amoklauf die Schlagzeilen des Lokalblatts füllen sollte …

GEGENWART

28. April, 9:36 Uhr

K omm schon mit!«, drängte Axel. »Die anderen sind auch dabei und ein wenig Ablenkung täte uns allen gut.«

»Sei mir nicht böse«, entgegnete ich. »Aber nach Spiel, Spaß und Tollerei ist mir so gar nicht. Besonders nicht, wenn meine Freundin halb tot auf der Intensiv liegt!«

Ein paar Augenblicke lang herrschte Stille in der Leitung.

»Es redet auch keiner von ›Spiel, Spaß und Tollerei‹. Aber du sagtest selber, dass heute ihre Familie im Krankenhaus zu Besuch ist und du da nicht auch noch mit herumwuseln willst. Was hattest du denn sonst angedacht, den lieben langen Tag zu tun?«

Nun war ich derjenige, der keine Antwort gab. Mehr als ›in meinem Zimmer die Zeit totschlagen und auf eine bessere zu hoffen und warten‹ wäre mir nicht eingefallen.

»Na also!«, setzte Axel nach. »Sie hätte es sicher auch nicht so toll gefunden, wenn du dich ins stille Kämmerlein zurückgezogen hättest. Wir treten ein wenig gegen die Kugel, jubeln nicht beim Torerfolg, alles läuft mit dem nötigen Respekt ab, alles klar? Dann um elf am Platz!«

Ich seufzte: »Na gut«, und legte auf.

Irgendwie hatte Axel ja recht.

Ich weiß nicht, wie lange ich gestern im Krankenhaus geblieben war, jedenfalls war es sehr lange gewesen. Bis spät nachts hatte ich vor dem Krankenzimmer auf der Intensivstation gestanden.

Aufgrund dieses grausamen Zwischenfalls blieb die Schule die nächsten Tage, unter anderem auch für die Spurensicherung und anschließende Tatortreinigung, geschlossen.

Eine freiwillige Seelsorge wurde von der Schule in Zusammenarbeit mit der Stadt organisiert. In meiner Clique war man der Meinung, mit sportlicher Betätigung ebenso gute Ablenkung erreichen zu können. Zudem bestand die Möglichkeit, in freundschaftlicher Runde darüber zu reden.

Allen waren die Geschehnisse vom gestrigen Morgen anzumerken. Moritz hatte zwar einen Fußball mitgebracht, doch große Begeisterung auf Sport sah anders aus. Kaum einer sagte etwas, nicht einmal die typischen Kommandos entwichen unseren Lippen, Passfehler und Fehlschüsse wurden mit absoluter Gleichgültigkeit hingenommen.

Aus Rücksicht auf die anderen und damit auch ein Spielfluss zustande kam, wagte es jedoch lange keiner, sich vom Geschehen zu entfernen. Erst als ich mich nach einiger Zeit vom Spiel absentierte, wurde mir gewahr, wie gespenstisch so ein Fußballmatch allein mit dem dumpfen Geräusch eines Schusses und dem Getrappel zahlreicher Schritte doch aussehen musste.

Ein paar folgten alsbald meinem Beispiel und so verblieben Moritz und Axel auf dem Spielfeld, wo sie nun abwechselnd auf das Tor schossen. Ernie war auf der anderen Seite der Sitzgelegenheit mit seinem Handy beschäftigt. Neben mir saß Tim und schaute schweigend mit mir auf Axel, der sein Gegenüber vom Elfmeterpunkt aus soeben in die falsche Ecke schickte.

Es war ein warmer Frühjahrstag. Der Sommer kündigte sich langsam an. Eine leichte Brise umspielte mein Gesicht und die Sonne kitzelte uns mit ihren warmen Strahlen. Doch dieser herrliche Anblick trübte nur. Ohne meine Freundin konnte das Wetter so schön sein, wie es wollte.

Von meinen Freunden hingegen hatte Gott sei Dank keiner wirklich ernsthafte Verletzungen davongetragen. Lediglich Axel hatte einen Streifschuss abbekommen, dieser wurde gestern jedoch bereits vor Ort behandelt und heute konnte er ja schon wieder Fußbälle Richtung Tor abfeuern Selbstverständlich war das Erste, das wir getan hatten, als wir am Bolzplatz zusammengetroffen waren, ihn nach dem Schützen zu fragen. Doch wie am Vortag noch den eingetroffenen Polizisten hatte er auch uns nicht wirklich sachdienliche Hinweise liefern können. »Verdrängung traumatischer Erlebnisse«, hatte Tim die Erinnerungsfetzen Axels mit einem so ernsthaften Ton zusammengefasst, als hätte er eben den Doktor in Psychoanalyse gemacht.

Doch genau mit dieser Art war er schließlich – wenn auch spät – ein Mitglied unseres »elitären Kreises« geworden. Hielten wir ihn anfangs, als er zu Beginn des Schuljahres als neuer Mitschüler in unserem Klassenraum saß, für einen kleinen Streberling, war uns seine Art und die manchmal sehr gehobene Ausdrucksweise durchaus sympathisch geworden. Somit war er aus der Clique nicht mehr wegzudenken, auch wenn seinen Mitspielern im Fußball und beim Schafkopfen nur wenig Erfolg beschieden war.

»Und, wie geht's ihr?«, unterbrach er schließlich das Schweigen, als Moritz den Ball gerade meilenweit über das Tor bolzte, und holte mich aus meinen Gedanken.

»Liegt weiterhin im künstlichen Koma«, antwortete ich, ohne die Augen vom Spielfeld zu wenden. »Wie es weitergeht, kann keiner sagen.«

Tim seufzte. »Tut mir wirklich leid.«

Schließlich zog ich meinen Blick doch vom Spielfeld ab. Meine Augen blieben nun an Tim hängen.

Um ihm zu zeigen, dass ich es als freundliche Geste empfand, zwang ich mich sogar zu einem Lächeln. »Danke, mein Freund.«

Offensichtlich freute er sich, dass seine Anteilnahme so gut angekommen war, denn auch Tim lächelte nun ein wenig.

»Und, hast du dir schon einen Racheplan überlegt?«

Ernie musste meinen nachdenklichen Gesichtsausdruck bemerkt haben. Sein sommersprossiges Gesicht verzog sich zu einem Grinsen, das sich allerdings nicht so recht deuten ließ.

»Hör auf mit dem Scheiß, ich glaub, er hat gerade andere Sorgen!«, gab Tim zurück, ehe ich den Mund öffnen konnte.

»Ich habe mir in der Tat etwas überlegt«, begann ich schließlich. Augenblicklich gefroren ihre Gesichter. Unerwartet kam diese Reaktion allerdings nicht.

»Du machst Witze!«, stotterte Tim. »Sag mir, dass das nicht dein Ernst ist!«

Sollte ich ihnen wirklich von meinem Vorhaben erzählen?

Bis ich gestern irgendwann eingeschlafen war, hatte ich weiterhin mit dem Gedanken gespielt, diese Bluttat und besonders das Vergehen an meiner Freundin zu rächen. Auf der einen Seite hätte ich die Gewissheit, etwas getan zu haben und nicht einfach nur brav rumgesessen zu sein, andererseits würde es ein schwieriges und vielleicht auch sogar lebensgefährliches Unterfangen werden.

Eine Vendetta nach dem *ius talionis*, wie es in süditalienischen Regionen auch heute noch praktiziert wurde, kam für mich, nachdem ich gestern zu wenigen, klaren Gedanken fähig gewesen war, ohnehin nicht infrage.

Ein Mord sühnt keinen anderen Mord. Da ließ die Rechtslage auch keinen Interpretationsspielraum. Daran würden mich schon alleine meine Freunde hindern, geschweige denn, dass dies meine Familie und Freundin gutheißen würden. Sofern sie noch einmal aufwacht …

Doch es war dieser Gedankensprung, der in mir den Wunsch aufkeimen ließ, dass mir dieses Dreckschwein doch vors Korn laufen würde. Er hatte unschuldige Menschen getötet. Viele andere, darunter auch meine Freundin, standen auf der Schwelle zum Tod.

Unproblematisch wäre es, der Polizei bei ihren Ermittlungen zu helfen. Seine Festnahme herbeizuführen. Aber wie? Ein knapp Sechzehnjähriger würde von der Polizei eher wegen Behinderung der Ermittlungsarbeit selbst mit dem Gesetz konfrontiert werden. Und noch dazu, wenn ich zu mir ehrlich war: Was hätte ich davon, seine Ergreifung zu erleichtern?

Einen Prozess, in welchem Anwälte sich Diskussionen über die schlechte Vergangenheit dieses Arschlochs liefern würden, welche sich letztlich dann sogar strafmildernd auswirkt?

Danke, nein!

Lieber würde ich sterben, als das mitansehen zu müssen!

Das Resultat war unabwendbar: Einer würde sterben müssen. Und besser er. Eine lebensbedrohliche Aktion wie diese eine werden würde, könnte mir bestimmt die Gelegenheit der Notwehr bieten. So jedenfalls mein Wunschdenken.

Aber es musste etwas getan werden.

Und nun war nicht einmal ich es, der dieses Thema anschnitt.

Axel und Moritz schienen mitbekommen zu haben, dass etwas los war, denn mit schnellen Schritten kamen sie zu uns herüber.

»Was'n los?«, fragte Axel, als er bei uns stand.

»Nun«, begann Tim. »Da will jemand versuchen, den Irren, der das gestern angestellt hat, zur Strecke zu bringen, wie's ausschaut.«

Axel sah mich an. »Junge, du bist mein bester Freund! Aber dreh bitte nicht komplett durch, nur weil er deine Freundin angeschossen hat!«

Nur.

Es war dieses einzelne Wort, welches das Fass zum Überlaufen brachte. Hinterher sollte es mir sicher leidtun, meinen Freund derart angefahren zu haben, doch in diesem Moment brach alles aus mir heraus, was sich in den letzten vierundzwanzig Stunden in mir angestaut hatte.

»*Nur*, weil er deine Freundin angeschossen hat«, wiederholte ich seine Worte in ruhigem Ton, um daraufhin so richtig aufzubrausen. »*Nur* zur Info: Er hat sie nicht *an-*, er hat sie fast *erschossen*! Drei Kugeln haben sie gestern aus ihr herausgeschnitten!« Meine Worte waren nun ein einziges Brüllen. »Sie liegt fast im Sterben! Irgend so ein durchgeknallter Irrer läuft frei rum! Und wenn's ihm Spaß gemacht hat, schlägt er vielleicht wieder zu!«

»Wir verstehen dich schon«, sagte Tim. Er sprach behutsam, als befürchtete er, jemand im Umkreis könnte uns hören. »Aber was hast du genau vor?«

»Ich weiß nicht so recht«, gestand ich, ob der Frage selbst überrascht. Mit einem so schnellen Einlenken meines Freundes hatte ich nicht gerechnet. Ohne es zu wollen, spürte ich meine Wut schwinden. »Ich dachte, dass ich mich zuerst mal am Tatort umschaue.«

»Da wirst du nichts mehr finden«, warf Moritz ein. »Polizei und SpuSi sind sicher noch selber mit der Inspektion beschäftigt. Bei dem Schlachtfeld kann das sicher auch noch etwas Zeit in Anspruch nehmen.«

Ich schnaubte. »Du kennst doch unsere Polizei. Das sind die größten Trantüten unter der Sonne.«

»Stimmt«, pflichtete mir Tim bei. »Mehr, als Jugendliche um Punkt eins nach zehn in der Nacht wichtigtuerisch auf der Straße anzuquatschen, haben unsere Dorf-Cops wahrlich nicht drauf.«

»Na also. Die haben unter Garantie nicht alle Spuren gefunden und das könnte meine Chance sein.«

»Nein«, sagte Axel. Ich sah ihn böse an. Wollte er mir dies etwa doch wieder auszureden versuchen?

»Dies wird nicht *deine* Chance sein – sondern *unsere*. Auf mich kannst du jedenfalls zählen!«

Jetzt war ich völlig perplex. Ich hatte mit so vielen Reaktionen gerechnet. Mit überrascht sein, klar, auch mit Erstauntheit, ja sogar mit Sorge, doch nicht, dass sie mir ihre Unterstützung anbieten würden.

»Ich bin auch dabei!«, rief Moritz.

»Ja, Mann, auf geht's!«, stimmte Tim mit ein.

Ernie sah auf. Sein Blick wanderte von einem zum anderen. Er dachte wohl, seine Freunde hätten nun allesamt einen leichten Dachschaden. Dann grinste er. »Dann will ich hier nicht der Spielverderber sein. An die Arbeit!«

Trotz meiner Traurigkeit verspürte ich ein leichtes Glücksgefühl in mir aufsteigen. Es war diese Loyalität von Axel, die ihn so unentbehrlich für mich machte. Was sich ein wenig nach »Homo« anhören musste, war in Wahrheit eine Freundschaft unter Kerlen, die sich anfühlte, als hätte ich einen Zwillingsbruder mit anderem Nachnamen. Wir sahen uns allein schon so ähnlich, dass Fremde Axel mit dunkelblonden Haaren, grünen Augen und genauso groß wie ich mit meinen hellblonden Haaren und blauer Augenfarbe tatsächlich für – zumindest zweieiige – Zwillinge gehalten hatten. Die Krönung sollte dann der Abend sein, an dem Axel mir meine jetzige Freundin vorgestellt und somit den finalen Schub in jene Richtung getan hatte, dass daraus auch wirklich etwas Festes wurde. Doch dass er nun mit Sicherheit auch den Ausschlag gab, dass wir meinen Racheplan geschlossen angingen, war gewiss ein ebenso hoher Freundschaftsbeweis.

GEGENWART

28. April, 14:08 Uhr

Noch am frühen Nachmittag radelten Axel, Moritz, Tim und ich zu unserem Schulhaus.

Zuvor war ich jedoch noch für eine Stunde ins Krankenhaus gefahren, um nach meiner Freundin zu sehen. Der diensthabende Arzt, der mich vom Vortag sogleich wiedererkannt hatte, war zwar so freundlich, angesichts meiner besorgten Miene sofort Auskunft zu geben, hatte mir jedoch gestehen müssen, dass sich an ihrem Zustand nichts weiter geändert habe.

Wieder hatte ich eine gefühlte Ewigkeit durch die Scheibe zu ihrem Raum gestarrt. Ich hoffte natürlich, dass sie wenigstens etwas von meiner Anwesenheit mitbekam, doch sicher war ich mir dabei keinesfalls. Der Anblick, wie sie so dalag, mit geschlossenen Augen und ohne Anzeichen einer Bewegung hatte mich mit tiefer Trauer erfüllt. Wenn sie in den Ferien oder an den Wochenenden nur für ein paar Tage wegfuhr, fehlte mir sie mir irgendwann auch gewaltig. Doch dies war noch nichts im Vergleich zur jetzigen Situation.

Anschließend war ich nach Hause geradelt, um mich ein bisschen für die anstehende Spurensuche auszurüsten. Frische Brotzeittüten für Beweismittel, Handschuhe, um keine Spuren zu verwischen, eine Lupe und eine kleine Taschenlampe für dunkle, enge Nischen. Darüber hinaus verschickte ich an jeden eine Nachricht, mit der Bitte, In-Ear-Kopfhörer, Ear-Buds oder, besser noch, Gaming-Headsets einzupacken.

Anschließend hatten wir uns alle wieder am Bolzplatz versammelt. Jeder hatte noch etwas mitgebracht. Axel hatte sogar an einen Dietrich gedacht, sodass uns auch keine verschlossene Tür aufhalten würde.

Über Tims Einfall, Mützen oder Caps mit einzupacken, wurde zunächst geschmunzelt. Jedoch betrachteten wir die Idee sogleich als ziemlich clever, war doch so zumindest ansatzweise verhindert, dass wir bei Entdeckung sofort erkannt würden.

Der einzig nicht Erschienene war Ernie. Er hatte beschlossen, sich durch den Informationsdschungel des Internets zu schlagen. Was er dort zu finden hoffte, war mir allerdings schleierhaft. Die wirklich wichtigen Informationen würden für die gängigen Medien bestimmt nicht vor Ende der Ermittlungen veröffentlicht werden.

Andererseits war Ernie auch nicht für herausragende sportliche Leistungen bekannt und für unseren Außeneinsatz daher weniger zu gebrauchen. Außerdem, wenn in der virtuellen Welt etwas zu finden war, so würde mir für diese Nadelsuche im Heuhaufen kein kompetenterer Kerl einfallen.

Ohne an unserem Treffpunkt noch viel Zeit zu verschwenden, waren wir losgefahren. Die Schule befand sich am Ortsrand. Das Areal um sie herum war daher aufgrund nur geringer Bebauung gut einzusehen.

Ein kleiner Forst, der das Schulgelände vom nächsten Ort trennte, sollte uns als Deckung und Rückzugsort dienen. Selbstverständlich schlugen wir einen großen Bogen um die Schule ein. Der direkte Weg wäre zu auffällig für Anwohner und eventuell stationierte Polizisten gewesen.

Die Fahrt war somit knapp zehn Minuten länger als der gewöhnliche Schulweg, doch erreichten wir das Wäldchen, ohne auch nur einer Menschenseele über den Weg zu laufen. Womöglich hatten sich die Anwohner mit der Kenntnis über den gestrigen Amoklauf in ihren Häusern verbarrikadiert, um die Polizei nicht zu behindern, aber, so war ich sicher, ebenso aus Furcht. Uns sollte beides recht sein. Somit hatten wir auch leichteres Spiel.

Ein Ausläufer des Wäldchens grenzte direkt am Schulsportplatz an. Bereits dahinter erstreckte sich die dem Sportplatz zugewandte Fensterfront des Schulhauses vier Stockwerke in die Höhe.

Hinter den ersten beiden Baumreihen schabten die Reifen meines Fahrrads kurz über den staubtrockenen Erdboden, ehe wir zum Stehen kamen. Während wir die Räder an Baumstämme lehnten, lauschte ich mit gespitzten Ohren.

Stille.

Vereinzeltes Vogelgezwitscher.

Blätter raschelten in der leichten Brise.

Keine Fahrzeuge, keine Polizisten, niemand.

»Wie geht es nun weiter?«

Mit einer raschen Handbewegung deutete ich Tim, die Lautstärke seiner Stimme zu drosseln. Entschuldigend hob er die Hand. Ich trat näher zu meinen Freunden, damit sie mein Flüstern verstanden.

»Unsere letzte Taktik beim Paintball war doch ziemlich wirkungsvoll«, begann ich. Axel zog fragend die Augenbrauen hoch. »Ich meine, der Hinterste koordiniert die Vorderen.«

»Und wie genau stellst du dir das auf diese Entfernung vor?«, hakte Tim nach.

»Einer kraxelt auf einen der Bäume, so hat er das Schulgebäude durch die Fensterfront und das Sportgelände davor gut im Blick. Zunächst sollten wir jedoch mal auskundschaften, wie viel Polizei noch herumpatrouilliert.«

»Das wäre eine perfekte Aufgabe für unseren Bergsteiger, oder Moritz?«, gluckste Axel.

Ich nickte zustimmend und richtete meinen Blick wie die anderen auf Moritz. Belustigt starrte dieser zurück.

»Wenn ihr mir versprecht, nicht mehr so blöd zu schauen, mach ich es.«

»Alles klar«, entgegnete Axel. »Ich hab mein Fernglas dabei, das könnte dir dabei nützlich sein.« Sofort griff er nach seinem Rucksack und wühlte darin, während Moritz bereits auf eine große und stabil aussehende Eiche zusteuerte.

Es war einfach überwältigend, mit anzusehen, mit welcher Leichtigkeit Moritz die ersten Höhenmeter zurücklegte, bis Axel endlich seinen Feldstecher hervorgeholt hatte. Selbst unsere Sportlehrer wurden nie müde zu betonen, welch unglaubliche Sportskanone Moritz war. Die beste, die sie je gesehen hätten. Nun kraxelte er an dem Baum herum wie ein Tarzan, und ich war mir sicher, dass kein Mädel an der Schule nein sagen würde, ihn nur im Lendenschurz zu sehen.

Selbst meine Freundin schaffte es, mir ein mulmiges Gefühl zu verursachen, wenn sie verkündete, dass Moritz ungemein hübsch wäre. Als er schließlich dort angekommen war, wo er sich am sichersten fühlte – und nebenbei durch das dichte Geäst nur schwer zu erkennen, versammelten wir uns unter Moritz am Stamm und Axel pfiff, als er den Arm mit dem Fernglas in die Höhe streckte.

»Wirf hoch«, hauchte Moritz so laut er konnte.

Axels freie Hand tippte mit dem Zeigefinger gegen seine Schläfe.

Moritz verdrehte die Augen und stieg wieder zwei dicke Äste hinab.

»Von hier aus kann ich nur zwei Streifenwagen erkennen«, murmelte er nach dem Fernglas greifend. »Aber alles, was hinter dem Haus liegt, werde ich beim besten Willen nicht einsehen können.«

»Da ist nichts«, gab Tim zurück. »Zumindest habe ich auf der Fahrt hierher nichts Blaues gesehen.«

»Dann haben wir es mit zwei Streifenwagen zu tun. Ich würde daher mal auf vier Beamte tippen. Die eine Hälfte wird sicher in der Gegend um das Schulhaus ermitteln, die andere ist bestimmt im Gebäude.«

»Danke, Moritz«, antwortete ich.

»Ich schick dann eine Brieftaube, wenn was passiert oder wie habt ihr euch das vorgestellt?«

»Oh ja, das hatte ich fast vergessen«, gab ich schmunzelnd zurück. »Ich hoffe, jeder von euch hat einen Knopf im Ohr dabei? Dann können wir einfach eine Telko in WhatsApp abhalten, hatte ich mir gedacht.«

»Ich freu mich schon auf meine Telefonrechnung«, grummelte Tim.

»Hab dich nicht so«, warf Axel ein. »Wir machen es für einen guten Zweck. Hat doch auch was Spannendes an sich.«

Tim murmelte etwas Unverständliches, doch nach weiterem Widerstand hörte es sich nicht an.

»Dann sehen wir zu, dass wir ohne Probleme über das Gelände ins Schulhaus kommen. Wenn wir erwischt werden, harren wir aus und versuchen es bei Anbruch der Dunkelheit noch einmal – sofern die kein ganzes Bataillon als Verstärkung anfordern. Was sagt ihr?«

»Klingt nach einem Plan«, stimmte Axel zu, während Tim hinter ihm nickte.

Moritz hingegen meldete sich noch einmal zu Wort: »Und wenn die Türen versiegelt sind?«

»Versuchen wir, über die Tiefgarage für Lehrkräfte reinzukommen«, überlegte ich.

Zur Bestätigung meiner Antwort erklomm Moritz wieder die nächsten Äste, ließ sich auf zwei nah am Stamm entspringenden nieder und klemmte sie zwischen Ober- und Unterschenkel.

»Nehmen wir die Fahrräder?«, fragte Tim.

»Gute Idee. Brauchen sie ja nicht abzusperren. Moritz kann ja ein Auge drauf haben.«

Sein Gaming-Headset bereits aufgesetzt und ohne das Fernglas abzusetzen, reckte er seinen Daumen in die Luft.

»Setzen wir die Mützen jetzt schon auf?«

»Klar, Tim, damit auch jeder aus der Entfernung schon erkennt, dass wir etwas im Schilde führen«, lachte Axel.

»Ich bin auch dafür, sie erst in der Schule aufzusetzen. Wenn wir draußen schon erwischt werden, können wir denen erzählen, wir würden nur unsere Fahrräder holen«, pflichtete ich Axel bei.

»Wenn ihr euch jetzt nicht bald in Bewegung setzt«, ertönte Moritz' Stimme über uns. »Wird ein zweiter Versuch hinfällig und ich wollte hier oben eigentlich nicht übernachten.«

Unser Lachen währte nur kurz. Es tat gut, doch saß offenbar bei allen der Schock noch tief genug, um uns die Erinnerung zu erschweren, wie Lachen überhaupt funktionierte.

»Ich ruf dann an, wenn wir angekommen sind«, gab ich Moritz zu verstehen.

»Gute Reise«, gab er zurück, das Fernglas wieder an den Augen.

Ein eindringlicher Blick zu jedem Verbliebenen war das Startsignal. Ohne weitere Worte zu verlieren, bestiegen wir erneut unsere Fahrräder und lenkten sie auf den Fahrradstellplatz der Schule.

Ein paar Räder standen noch da, was keine Überraschung war. Die meisten Schüler waren gestern sofort von ihren Eltern abgeholt worden und hatten ihre Fahrräder dort stehen gelassen, ohne sie allerdings bislang wieder abgeholt zu haben. Umso glaubwürdiger würde unsere geplante Ausrede im Notfall sein, dachte ich.

Ohne den Rucksack abzusetzen, kramte ich aus einer Seitentasche meine In-Ears mit eingebautem Mikro heraus und verband sie mit meinem Han-

dy. Nachdem Axel und Tim sich ebenfalls ausge-
rüstet hatten, startete ich die Konferenz. Das erste
Freizeichen hallte wie vom Inneren einer Kathed-
rale wider. Dann knackte es und der Erste meldete
sich.

»Tim hier.«

Zur Bestätigung nickte er mir noch zu. Ein zweites Freizeichen war noch nicht ganz abgeklungen,
als ein neuerliches Knacken in mein Ohr drang.

»Hier Moritz. Noch ist alles klar.«

Ich warf einen kurzen Blick zurück zu der Baum-
gruppe, wo ich ihn vermutete. Er war tatsächlich
gut in der Baumkrone versteckt und nicht zu erkennen. Das dritte Mal wurde abgehoben.

»Axel hier, hört ihr mich alle?«

Die anderen beiden bejahten kurz. Ich hob meinen rechten Daumen.

Hastig eilten wir zum Geräteschuppen neben
dem Sportplatz, um somit schnell aus dem Sicht-
feld zu verschwinden, das man von den Streifenwagen aus hatte. Falls sich dort etwas tun solte, würde
Moritz uns Bescheid geben.

Der weitaus schwierigste Teil war ein kurzer An-
tritt über den Tartanplatz zum Haupteingang der
Schule. Bereits aus der Ferne versuchte ich, ein
angebrachtes Polizeisiegel zu erkennen. Einer der
Tiefgänge zur Lehrergarage befand sich nur wenige Meter weiter, doch mussten wir auf diese Option
nicht zurückgreifen.

Es wäre eine Straftat, ein dienstliches Siegel zu brechen – ich wusste das aus einer sehr zuverlässigen Quelle –, doch stellte sich ein solches nicht in unseren Weg. Dafür rechnete ich bereits mit einem anderen Hindernis.

»Moritz, womöglich werden wir gleich von einer verschlossenen Tür aufgehalten. Haben wir genug Zeit?«, murmelte ich fragend ins Mikro.

»Die Luft ist rein!«

Mit einem kleinen Stoßgebet drückte ich mit der Hand gegen die Tür – und schob sie auf. Mein Herz machte einen kleinen Hüpfer. Die Aula war menschenleer. Die Tatortreinigung hatte bereits ordentliche Arbeit geleistet. Nur wenig deutete darauf hin, dass in dieser Eingangshalle vor knapp dreißig Stunden noch Tote und Verletzte gelegen und alles vollgeblutet hatten.

Kein einziger roter Tropfen war zu sehen. Überhaupt konnte ich mich nicht erinnern, diese Aula jemals so blitzblank gesehen zu haben. Nur vereinzelte Einschusslöcher in den Wänden vermittelten einen Eindruck, was gestern hier geschehen war.

»Im zweiten Stock genau über euch läuft soeben ein Polizist den Gang entlang.«

»Danke«, flüsterte ich ins Mikro. Genauso hatte ich mir unsere Zusammenarbeit vorgestellt. Obwohl ich leicht nervös war, gesellte sich dazu ein wenig das Gefühl der Euphorie und Moritz' nächste Worte beruhigten mich ein wenig.

»Der ist alt und fett, bei einer Verfolgungsjagd würde ich auf euch wetten.«

Dann herrschte wieder Stille am anderen Ende.

Ich blickte zu meinen zwei Begleitern, die erwartungsvoll zurückstarrten.

»Nehmen wir uns die Aula vor? So hat uns Moritz gut im Blick?«

Axel und Tim nickten einstimmig.

Doch schnell wurde uns klar, dass in der Eingangshalle nicht viel zu finden war. Sämtliche Einschusslöcher waren leer. Keine Patronenhülse lag mehr am Boden, nicht einmal mehr kleine Betonbröckchen von den Wänden.

Nur wenige erfolglose Minuten später deutete ich den beiden mit einer Handbewegung in Richtung Sekretariat. Auch, wenn es mich nach diesem furchtbaren Anblick gestern nicht wirklich ein weiteres Mal dorthin zog.

»Wir schauen mal ins Sekretariat, Moritz«, hörte ich Tims Stimme die Information weitergeben.

»Roger«, bestätigte Moritz. »Der Polizist hat sich im zweiten Stock nicht mehr gezeigt. Keine Ahnung, wo der jetzt ist. Vielleicht ist er auf dem Weg nach unten. Seid also mal achtsam!«

»Gut«, antwortete ich mit leiser Stimme. »Also, los geht's.«

Und machte den ersten Schritt in den Durchgang, in dessen Mitte sich der Raum befand, in dem gestern auch bestialisch gewütet wurde. Jedoch schien auch dieser bereits – jedenfalls nach den weißen Kreidespuren zu schließen – gründlich untersucht worden zu sein.

Schränke mit durchlöcherten Türen gähnten uns an. Auch die Schreibtische und Stühle waren arg durchsiebt. Zerschossene Computer waren ohne Zweifel gleich zur Untersuchung mitgenommen worden. Mich vorsichtig umsehend tat ich einen ersten Schritt über die Türschwelle.

»Polizist in der Aula! Steuert in eure Richtung!«

Moritz hatte den letzten Satz noch nicht beendet, da spürte ich ein Pochen bis in den Kehlkopf.

»Unter die Schreibtische?«, schlug Axel in gehetztem Tonfall vor.

Tim verschwendete keine Zeit mit einer Antwort, spurtete quer durch den Raum und verschwand Momente später hinter dem ersten Schreibtisch. Axel und ich warfen uns einen kurzen, nervösen Blick zu. Dann taten wir es Tim gleich und hechteten hinter die Empfangstheke.

Über das wilde Klopfen meines Herzens hoben sich immer deutlicher schwere Schritte ab. Ich war mir sicher, wenn der Beamte vor der offenen Sekretariatstür stehen blieb, dass das Pochen in meiner Brust uns sogleich verraten würde. Doch eine andere Möglichkeit war uns nun nicht mehr geblieben. Wir saßen in der Falle.

Ein Einschussloch im weiß verkleideten Sperrholz ermöglichte mir einen Blick zur Tür. Schwarze

Schuhe erschienen, gefolgt von einer blauen Uniform, samt Polizeibeamten darin. Moritz hatte nicht übertrieben. Zu den fittesten gehörte dieses Exemplar wirklich nicht mehr.

Sogar mein Atem, obwohl beinahe ruhig, kam mir plötzlich unnatürlich laut vor. Doch der Kerl auf dem Gang machte einen Schritt, einen Zweiten und nach dem Dritten war er schon nicht mehr zu sehen.

Immer noch darauf bedacht, auch nicht den geringsten Ton von mir zu geben, füllte ich meine Lunge zweimal tief vor Erleichterung. Wenige Minuten harrten wir jedoch noch aus, ehe ich erneut zaghaft meine Stimme hob: »Moritz? Haben uns verstecken können. Suche geht jetzt weiter.«

»Okay, sehr gut.«

»Was hoffst du hier denn eigentlich zu finden?«, zischte mich der sich gerade aufrichtende Tim an. »Die Räume sind bis in die letzte Ritze untersucht und gereinigt. Sehen wir es ein, die Polizei hat gute Arbeit geleistet und wenn wir hier erwischt werden, buchten die uns am Ende noch ein.«

In seinem und auch Axels Gesicht hatten sich deutliche Zweifel abgezeichnet. Dies wiederum ließ meine Verzweiflung stärker werden. Ich konnte nicht einfach aufgeben! Ich musste etwas tun!

Während ich nach einer Möglichkeit suchte, die Jungs wieder zu motivieren, starrte ich auf das gebrochene Fenster. Sicherlich war die Kugel ins Fenster gekracht, nachdem sie das Gesicht einer der Sekretärinnen durchbohrt hatte, um sich anschließend ihren Weg nach draußen zu bahnen.

Nach draußen.

»Was war das gerade?«, wollte Alex wissen.

Scheinbar hatte ich meinen letzten Gedanken mit den Lippen geformt.

»Nach draußen«, wiederholte ich jetzt mit festerer Stimme.

»Wie bitte?«, fragte nun Tim.

»Ich weiß, wo wir etwas finden können«, hauchte ich angeregt und deutete auf die zerstörte Scheibe. »Wir müssen da raus!« Und mit Richtung Mikro geneigtem Kopf fügte ich hinzu: »Hast du gehört, Moritz? Ist die Luft draußen rein?«

»Alles frei hier draußen.«

Wir traten an die Tür. Lauschten nach Schritten. Nichts.

Dennoch hasteten wir wie von der Tarantel gestochen den Gang entlang in die Aula und durch den Haupteingang in den Vorhof der Schule. Gegen die mittlerweile tief stehende Sonne blinzelnd, verlangsamten wir unsere Schritte und bogen um eine Hausecke auf die Rasenfläche unter dem Fenster zum Sekretariat.

»Und was erhoffst du dir, hier zu finden?«, zischte Tim.

Mit dem Finger zeigte ich auf das Fenster. »Mindestens eine Kugel, die dort durchgeflogen ist.«

»Die berühmte Nadel im Heuhaufen«, seufzte Axel.

»Wer nicht wagt, der nicht gewinnt, also auf jetzt!«

In gebückter Haltung setzten wir langsam einen Fuß vor den anderen. Für Moritz mussten wir sicher wie drei nach Körnern pickende Hühner ausgesehen haben. Einen blöden Kommentar sparte er sich allerdings. Zumindest verlief unsere Suche ohne Unterbrechungen, bis eine Stimme ertönte, die mir das Mark gefrieren ließ.

»Was genau soll das hier werden?«

Schlagartig richteten wir uns auf. Der dicke, alte Polizist kam bedächtigen Schrittes auf uns zu. Seine grimmigen Augen verhießen nichts Gutes.

»Wir wollten …«, begann Axel stotternd und mit schwacher Stimme, brachte seine Entgegnung jedoch nicht zu Ende, da ich an ihm vorbeistürmend bereits seinen Arm ergriffen hatte.

»Halt, stehen bleiben!«, rief uns der Beamte hinterher.

Doch wie um unser Leben spurteten wir zurück auf den Vorplatz des Schulgebäudes. Beinahe rechnete ich schon damit, dem Kollegen in die Arme zu laufen. Zu unserem Glück war von diesem nichts zu sehen.

Wir erreichten unsere Fahrräder. Sie nicht abzusperren, war für mich in diesem Moment die beste Idee, die wir haben konnten. Nur Sekunden später

stiegen wir in die Pedale und rasten mit halsbreche-
rischer Geschwindigkeit in den Wald zurück.

In den nächsten Minuten, in welchen wir den
Wald bis zur nächsten Ortschaft durchquerten,
sprachen wir kein Wort miteinander. Auch mit
Moritz wechselten wir keines, aus Angst, er könnte
in einem Anflug bösen Zufalls, gleichzeitig wie wir
erwischt worden sein. Womöglich wäre er schlau
genug gewesen, die laufende Telefonkonferenz zu
beenden, doch wollte ich das Risiko nicht eingehen,
jemand könnte mithören, wohin wir nun fuhren.

Warum zum Teufel hat dieser Idiot uns nicht gewarnt?

Noch vor dem Ortsschild lenkten wir unsere
Räder nach rechts auf einen Feldweg. Der Wacht-
meister in der Schule würde bestimmt nicht die
Verfolgung aufgenommen, jedoch umso sicherer
Kollegen in der Umgebung drei Jugendliche auf
ihren Fahrrädern gemeldet haben. Daher erschien
es mir besser, sich aus den angrenzenden Orten he-
rauszuhalten.

Knappe zwei Kilometer lang führte dieser Weg
hin zu einer sich aufragenden und in dieser flachen
Landschaft damit sehr exponierten Erhebung, an
deren höchstem Punkt eine Feuerstelle mit Bänken
gebildet worden war. Mit schmerzenden Gliedern
und rebellierenden Muskeln stiegen wir von unseren Rädern. Nach dieser Strecke in voller Fahrt
benötigten wir einige Augenblicke, bis wir endlich
genug Luft zum Sprechen hatten.

»Na, wenigstens für meine Kondition war das ein sinnvoller Ausflug«, meckerte Tim. Er schien ziemlich verärgert.

»Es gab nun einmal keine Garantie auf Erfolg«, bemerkte Axel trocken.

»Schon klar. Trotzdem muss ich jetzt aufpassen, dass mich kein Bulle an meiner Kleidung erkennt, bis ich daheim bin.«

»Reg dich ab«, fuhr Axel ihn an. »Die müssen dir erst einmal nachweisen, dass du wirklich an der Schule warst. Und selbst wenn, was wollen sie dann machen? Die haben gerade Wichtigeres zu tun, als jemanden wegen unerlaubten Betretens der Schule dranzukriegen.«

Mit finsterem Blick winkte Tim ab.

»Habt ihr euch eigentlich mal die Frage gestellt, wie dieser Kerl überhaupt so unerkannt entkommen konnte?«, versuchte Axel nun das Thema zu wechseln. »Ich meine, der muss doch voller Blut und dazu bewaffnet gewesen sein. Da kann man doch nicht so mir nichts, dir nichts durch die Welt spazieren.«

»Blutüberströmt wird er wohl eher nicht gewesen sein«, warf Tim nachdenklich ein. »Aber mit der Waffe hast du schon recht. Hätte er sie in den Wald geworfen, wäre die Polizei schnell fündig geworden. Und einen See oder Fluss haben wir hier nicht in der Nähe.«

»Vielleicht war er mit einem Auto da?«

Die nächsten Wortwechsel bekam ich schon gar nicht mehr mit. Ich beendete die Telefonkonferenz auf meinem Handy. Das war es dann wohl. Einen zweiten Versuch konnten wir mit Sicherheit nicht mehr riskieren. Wer weiß, wie lange wir gebraucht hätten, auf der Wiese dieses Projektil zu finden? Und bei Dunkelheit war das so gut wie unmöglich. Musste es also doch die Polizei richten.

Wut kochte in mir hoch. Das war so ungerecht!

Wieder musste ich alle Kraft aufbringen, keine Träne zu vergießen. Seit gestern war ich dahingehend schon sehr labil. Das musste ich mir eingestehen. Und ich hasste mich auch dafür.

Axel und Tim diskutierten immer noch miteinander. Doch eigentlich bekam ich das gar nicht mit. Mein Kopf war wie leergepumpt. Kein Gedanke war fassbar. Ich hatte keine Ahnung, wie es nun weitergehen sollte. Da klingelte mein Handy.

Moritz.

»Alter, wo seid ihr?«, rief er.

»Auf dem Feuerhügel«, antwortete ich lustlos. Tim und Axel stellten ihren Verbalkrieg augenblicklich ein und lauschten gespannt.

»Dann bin ich in ein paar Minuten da. Wartet ihr?«

»Ja«, entgegnete ich mit tonloser Stimme. Es klickte.

In der Zeit, die wir mit dem Warten auf Moritz verbrachten, herrschte wieder Grabesstille. Irgendwann näherte sich das leise Rattern einer Fahrradkette. Kurz danach erreichte Moritz die Anhöhe, die im Sommer als unser Stammgrillplatz diente.

Sein zufriedenes Grinsen hätte ich ihm am liebsten aus dem Gesicht gedroschen und so wie sie aussahen, hätten Axel und Tim mir dabei geholfen. Beim Anblick meiner Miene wurde es jedoch sofort schwächer.

»Alles gut gegangen bei euch?«, fragte er nun besorgt.

»Wir konnten problemlos türmen«, gab Axel zurück.

»Aber es wäre gar nicht nötig gewesen, wenn ein gewisser Jemand seine Arbeit vernünftig erledigt hätte«, sprang Tim dem zur Seite, mit dem er sich eben noch gekabbelt hatte.

Moritz seufzte. »Tut mir leid, Leute. Der Kerl muss sich irgendwie hinten um das Haus geschlichen haben. Keine Ahnung, wie. Ich bin vor Schreck fast selber vom Baum gefallen, als ich ihn gehört hab.«

»Unverdient wäre es nicht gewesen«, grummelte Tim.

»Reiß mal das Maul nicht so weit auf! Immerhin durfte ich die letzten zwanzig Minuten hier umherirren, um euch zu finden! Das entspricht auch nicht wirklich der Definition eines Kavaliers.«

»Das ist auf meinem Mist gewachsen, Moritz«, mischte ich mich in den Streit ein. »Ich hatte Angst, du wärst womöglich geschnappt worden und so wollte ich nicht unsere Position preisgeben. Tut mir leid. Das war egoistisch.«

Es war allgemein sehr schwierig, Moritz derart auf die Palme zu bringen. Eigentlich war er ein sehr ruhiger Zeitgenosse, was er sich angesichts seiner athletischen Erscheinung auch leisten konnte. Wenn jemand auf ihn losging, war das Bild einem kleinen Kläffer, der einen Schäferhund anbellte, sehr ähnlich. Umso sympathischer an ihm war, dass er sich wie auf Knopfdruck wieder beruhigen konnte, so wie jetzt: »Mach dir keinen Kopf. Strategisch war es gut gedacht. Und umsonst war es ja nicht, sonst hätte ich das wohl im Wald gar nicht gefunden.«

Er zwinkerte mir zu und hielt sodann eine der mitgebrachten Brotzeittüten in die Luft. Ein dunkles Stoffknäuel war in dem baumelnden Plastik zu erkennen.

»Was ist das?«, fragte ich neugierig.

»Eine Mütze. Ich hatte erst gedacht, sie wäre Tim aus der Tasche gefallen. Aber dann wäre sie nicht so gut im Unterholz versteckt gewesen.«

»Und du meinst, dass die wirklich zum Täter gehört?«, fragte Axel zweifelnd. »Die Polizei hat gewiss auch den Wald durchsucht. Die Mütze hätten sie doch sicher gefunden.«

»Sie war gut versteckt, wie gesagt. Ich bin auch eher nur zufällig über sie gestolpert, im wahrsten

Sinne des Wortes.« Moritz deutete auf seine verdreckten Knie.

Im Nu hellte sich meine Stimmung wieder auf. »Klasse, Moritz! Hast du sie schon untersucht?«

»Dazu hatte ich keine wirkliche Möglichkeit, das mache ich daheim. Aber ich meine, Farbrückstände und Haare auf ihr gesehen zu haben. Eine genaue Untersuchung folgt.«

In das anerkennende Murmeln der anderen mischte sich das abermalige Läuten meines Handys.

»Ernie?«

»Servus! Na, wie schaut's bei euch aus?«

»Hi, also wir haben unsere Suche in der Schule abgeschlossen.«

»Und? Seid ihr fündig geworden?«

»Gefunden haben wir jedenfalls was«, erzählte ich. »Ob es uns weiterhilft, ist eine andere Frage.«

Kurzes Schweigen. Dann: »Übrigens, ich hab im Internet auch etwas gefunden!«

Ernie klang etwas enttäuscht, offenbar hatte er erwartet, ich würde ihn fragen, ob auch er etwas herausgefunden hatte.

»Moment, Ernie, ich schalte dich auf Lautsprecher! Dann können die anderen mithören.«

Ernies Antwort hörte ich nur schwach, da ich das Handy vom Ohr nahm und die Lautsprecher-Funktion aktivierte. Tim streckte den Daumen der geballten Faust nach oben aus.

»Also dann, lass hören!«, rief ich.

»Darum wollte ich dich noch bremsen, bevor du mich vor allen hörbar machst. Kommt lieber zu mir, dann kann ich's euch leichter zeigen.«

»Sinnvolle Aktion, das mit dem Lautsprecher«, frotzelte Axel.

Doch ich hörte nicht hin. Meine Neugier war geweckt. Wenn ich einem Menschen restlos vertraute, was Computer und die digitale Welt betrafen, dann war das Ernie. Hatte der wirklich etwas Wichtiges gefunden, konnte dies höchstwahrscheinlich unsere nächste heiße Spur sein.

»Geht klar, Ernie, wir sind in etwa zehn Minuten bei dir!«

»Okay, bis –«

»Halt, halt, halt, warte noch einen Moment«, grätschte Tim dazwischen. Wenige Augenblicke verstummten wir und Tim bedachte mich mit einem bedeutungsvollen Blick und ich erinnerte mich an einen zuvor emporgereckten Daumen.

»Ja, Tim, ich höre?«, unterbrach Ernie das Schweigen.

»Verfügt dein Haushalt vielleicht über Nagellackentferner, destilliertes Wasser, Reagenzgläser und einen Bunsenbrenner?«

»Hast du Giftmischer nicht schon genug Chemieräume unbetretbar gemacht? Musst du mein Haus jetzt auch noch in die Luft jagen?«

Wir alle wieherten los. Sogar Tim stimmte kurz

darauf in das Lachen ein. In der Tat verkörperte er oftmals diesen typischen genialen Wissenschaftler – mit einem Hang zum Wahnsinn.

Er allein vermochte die Notwendigkeit eines Lehrers im Chemiesaal zur Aufsicht zu bestätigen. Und diese hatten inzwischen – ebenso verständlich – ein spezielles Auge auf ihn und seine Machenschaften gelegt, wenn er mit Chemikalien aller Art herumhantierte. Was nicht zuletzt daran lag, dass er für den letzten, womöglich sogar einzigen, ABC-Alarms inklusive Feuerwehreinsatz und zehntägiger Sperrung des Chemieflügels an der Schule verantwortlich gewesen war. Dennoch sprachen seine Leistungen, nicht nur in Chemie, sondern in allen naturwissenschaftlichen Fächern, für ihn. Und wenn ich von Ernie als Computerspezialisten sprach, war Tim unser Ernie der Naturwissenschaft.

Die Erinnerung daran trieb uns immer noch Tränen vor Lachen ins Gesicht. Als wir uns wieder beruhigt hatten, gab Ernie die noch ausstehende Antwort: »Ich schau mal. Zur Not kann man es ja besorgen.«

Ein Knacken am anderen Ende. Ich drehte mich zu meinen Freunden um.

»Also, Leute, nächster Halt: Ernie's House?«

»Dann mal auf!«, gab Moritz zurück.

Wir schwangen uns auf unsere Fahrräder und radelten, so schnell wir konnten, los.

GEGENWART

Ernie wohnte in einem Haus nicht weit entfernt von der Schule. Insgesamt nur zwei Straßen weiter – wobei er dennoch beinahe täglich das Kunststück fertigbrachte, bestenfalls gerade noch so zum Unterrichtsbeginn ins Klassenzimmer zu stürmen. Wie üblich stand das Tor des kleinen Vorgartens offen. Wir stellten dort unsere Fahrräder ab und traten vor die Fronttür. Axel betätigte die Klingel. Nur wenige Augenblicke später blickten wir in das vor Aufregung gerötete Gesicht unseres Freundes. Mit einer Handbewegung deutete er uns einzutreten. »Nur herein!«

Viel vom Rest des Hauses bekamen wir nicht zu Gesicht. Nahe der Haustür befand sich eine Wendeltreppe nach oben, welche wir sogleich emporstiegen.

Ernie hatte in diesem Haus das Dachzimmer ganz für sich allein. An zwei Seiten fiel die Decke schräg ab. An einer der beiden geraden Wände stand dröhnend seine PC-Anlage. Wer den Eindruck bekam, er wäre ein Gamer, der lag hier völlig richtig. Und Ernies Gaming-Ausstattung war vermutlich das Wertvollste im ganzen Haus.

Mit einem gemurmelten »Lasset euch nieder« bedeutete er uns, es uns auf einer Couchgarnitur in der Ecke gemütlich zu machen. Demgegenüber stand ein kleiner Tisch mit einer Flasche destillierten Wassers, Nagellackentferner und tatsächlich einem Sortiment Reagenzgläser, wo auch immer er das aufgetrieben hatte. Diesen Platz wies er Tim zu: »Bitte sehr, die Dame, ihr Kosmetiktischchen! Kann ich ihr sonst noch einen Wunsch erfüllen?«

»Der Bunsenbrenner fehlt noch«, beschwerte sich Tim grinsend. »Und eine Arbeitsunterlage und ein Glas Wasser zum Trinken bitte.«

»Einen Bunsenbrenner führen wir leider nicht«, erklärte Ernie. »Kann ich mit etwas anderem dienen?«

»Kann ich eine eurer Herdplatten benutzen?«

»Ungern, meine Eltern werden nicht sonderlich davon begeistert sein, wenn du ihren neuen Herd zur Drogenküche umfunktionierst. Wir hätten aber einen Campingkocher im Keller, den kann ich dir hier hochholen«, überlegte unser Gastgeber.

»Perfekt.«

Kopfschüttelnd verließ Ernie sein Zimmer, drehte sich jedoch auf der Türschwelle nochmals um.

»Wenn ihr hier drin etwas ohne Erlaubnis an-rührt, hau ich Betreffendem den Campingkocher um die Ohren!«, warnte er mit erhobenem Zeige-finger. »Wenn jemand sogar meint, sich an meinem Rechner austoben zu wollen, schalt ich den Kocher vorher an!«

Ohne eine Reaktion abzuwarten, betrat er die Treppe. Wir verloren nicht viele Worte und mach-ten es uns auf den zugewiesenen Sitzgelegenheiten in Ernies Zimmer gemütlich. Tim setzte sich an den Tisch mit den georderten Materialien, Moritz und Axel lümmelten sich auf das Sofa. Ernies extra-vaganten Gaming-Sessel vor der Computeranlage ließ ich frei und setzte mich auf den spartanischen Klappstuhl daneben. Lautes Getrappel kündigte Ernies Rückkehr an. Ein wenig außer Atem er-schien er wieder in seinem Zimmer. Die Pappkiste in seinen Händen zeigte das Modell des Camping-kochers und trug ein Tablett mit fünf Gläsern sowie einer Glaskaraffe mit Wasser.

»Tu dein Möglichstes, dass ich mein Zimmer nicht schon wieder renovieren muss«, wies er Tim an und ließ sich neben mir auf seinem Schreibtisch-stuhl vor dem Bildschirm nieder.

»Wo waren wir stehen geblieben? Ah, ja«, er selbst hackte in Windeseile auf der Tastatur he-rum, »als ich vorhin durch das Internet gestreift bin«, fuhr er schließlich fort, »habe ich Folgendes gefunden.«

Ernie maximierte ein Browserfenster, welches er nur in die Taskleiste gelegt hatte.

Plötzlich saß ich wie vom Donner gerührt da.

Auf einer zweifelsfrei privat erstellten Internetseite waren Dutzende von Bildern unserer Schule hochgeladen worden. Schlimmer noch, sobald man mit dem Mauscursor darüber glitt, verwandelten sich die Abbildungen in Szenen, wie sie einem nur nach Berichten über Kriege in den Kopf stiegen:

Unser Schulhaus über und über mit Blut bedeckt. Der Pausenhof glich einem Schlachtfeld. Verschiedene Klassenzimmer sahen aus, als hätte ein blutrünstiges Monster ein Massaker angerichtet.

»Und es kommt noch besser«, kommentierte Ernie, während er nach unten scrollte, um auch den Rest der Website anzuzeigen. Von manchen Bildern starrten uns Lehrer an, doch nach wenigen Sekunden waren die Bilder so bearbeitet worden, sodass sie auch die Charaktere eines blutigen Horrorfilms hätten darstellen können. Einschusslöcher, wo man nur hinsah. Das Blut floss in übertriebenem Maße aus den Gesichtern heraus.

Ernie sah zu mir herab. »Sieht doch krass aus, oder?«, fragte er in ruhigem Ton.

»Es ist … grauenhaft!«, mir versagte fast die Stimme.

»Aber ich hab auch eine gute Nachricht für dich«, frohlockte er.

Ich blickte verständnislos zu ihm hinauf.

»Vor etwa zwanzig Minuten hat irgendjemand versucht, auf diese Website zuzugreifen und zu bearbeiten.«

»Wie hast du das bitte bemerkt?«, fragte ich.

»Ich hab eine Spyware auf diese Site laufen lassen.« Ernie grinste zufrieden. »Wenn irgendjemand diese Website anrührt, bekomme ich das sofort mit und dieses nette Hackerprogramm spuckt mir auch gleich die Identität der betreffenden Person aus.«

Ich wusste, dass in Ernie ein großer Computerfreak steckte und er auch genug Wissen in seinem Hirn versammelt hatte, um in der Lage zu sein, Hackprogramme, Viren und Mailbomben zu erschaffen. Ohne Zweifel war es illegal, was er trieb, doch in diesem Fall war mir das gleichgültig. Er hatte einen großen Schritt zur Lösung dieser Geschichte getan.

»Ich hab ihm gleich mit dem Import eines Trojaners gedroht«, fuhr Ernie fort. »Dadurch hab ich genügend Zeit gewonnen, mir die IP-Adresse zumindest aufzuschreiben.« Er drückte mir einen Zettel in die Hand. »Von wo dieser Kerl auf die Site zugegriffen hat, kann ich leider nicht sagen«, musste sich das Computergenie eingestehen.

Ich sah auf den Zettel.

Eine Internet-Protocol-Version ist eine mehrstellige Zahlenfolge, wobei immer drei Zahlen in einem Bündel durch einen Punkt vom nächsten Zahlentrio getrennt sind. Diese drei Zahlen konnten Werte zwischen 000 und 255 annehmen.

Als ich nun auf den Zettel sah, musste ich fast jubeln. Ernie hatte einen PC ausfindig gemacht, welcher nur eine IPv4-Adresse benutzte.

Bei Internet-Protocol-Versionen bedurfte es der Unterscheidung zwischen IPv4- und IPv6-Adressen. Eine IPv4 hatte nur eine Codelänge von vier Zahlentrios. Eine IPv6 bestand sogar aus sechs. Diese wurden vor noch gar nicht allzu langer Zeit eingeführt, da man befürchtete, dass die Anzahl der PC-User irgendwann die Anzahl aller möglichen IPv4-Adressen übersteigen würde.

Nun hielt ich vor mir einen Zettel mit einem 4x3-Zahlencode, dessen PC es nun ausfindig zu machen galt. Ein Blubbern hinter uns wurde lauter.

»Du kochst die Mütze aus?«, fragte ich.

»Welche Mütze?«, wollte Ernie wissen.

»Die hat Moritz im Wald gefunden, während er uns eigentlich den Rücken decken sollte. Wir vermuten, sie könnte dem Mistkerl von gestern gehören«, erklärte Axel.

»Wie ist das mit ›eigentlich den Rücken decken‹ gemeint?«

»Dass diese Pfeife lieber auf Pilzsuche gegangen ist, anstatt aus sicherer Entfernung nach Polizisten Ausschau zu halten«, meckerte Tim, ohne von seiner Arbeit – oder was immer er da trieb – aufzusehen.

»Jetzt mach mal halblang!«, verteidigte sich Moritz. »Ihr hattet auch sechs Augen zur Verfügung.«

»Haben uns aber trotzdem auf dich verlassen. Kein Wunder, dass wir letztens beim Paintball so kassiert haben, bei so schlechter Aufklärung.«

»Das liegt wohl eher an deinen miserablen Fähigkeiten als Schütze, Tim«, schnaubte Moritz.

»Dann begib du dich das nächste Mal in die Schusslinie und ich mach in Deckung gemütlich Brotzeit«, schimpfte Tim.

»Jetzt fahrt mal beide wieder runter«, griff ich in das erneute Wortgefecht ein. »Also Tim, was fabrizierst du da gerade?«

Mit ruhigerer Stimme fuhr Tim fort: »Auf der Mütze habe ich doch, wie gesagt, Rückstände von Farbe gefunden. Ich habe das untersucht und es ist tatsächlich Lebensmittelfarbe.«

»Und jetzt färbst du das Wasser?«, fragte Axel.

»Nicht ganz. Es war nicht reine Farbe, die wäre auf einer schwarzen Mütze nicht zu sehen gewesen. Nein, was meine Aufmerksamkeit geweckt hat, war die Gallertmasse, die damit gefärbt worden ist.«

»Und?«, hakte Moritz nach, während ich bereits die Antwort zu kennen glaubte.

»Sie löst sich gerade in kochendem Wasser auf und lässt wirklich nur die Farbe zurück. Es handelt sich um Polyethylenglycol.«

»Wird das nicht in der Medizin für Kapseln verwendet?«, erinnerte sich Axel.

»Richtig, aber was ich für wahrscheinlicher halte, sind–«

»Paintballkugeln!«, beendete ich Tims Vortrag. Mit der Hand schlug ich mir so hart gegen die Stirn, dass alle mir, von dem Klatschen ganz erschrocken, den Blick zuwandten. »Jetzt ist mir klar, wie dieses Arschloch sich so unbehelligt aus dem Staub machen konnte«, stieß ich hervor. »Er war in farbbefleckter Tarnkleidung oder etwas Ähnlichem unterwegs. Das Paintballfeld ist ja auch gar nicht weit entfernt. Und damit fällst du wahrscheinlich nicht mal auf, wenn du schwer bewaffnet herumläufst.«

»Heilige Mutter Gottes, damit könntest du durchaus recht haben«, erwiderte Axel mit aufgerissenen Augen.

»Aber«, wandte Ernie ein, »wenn die Nachbarschaft Schüsse gehört hat, hätte sie wohl kaum seelenruhig und untätig einen Schwerbewaffneten durch die Straßen spazieren lassen. Ich meine, mit der Zivilcourage ist es heute vielleicht nicht mehr weit her, aber zumindest die 110 hätte doch einer wählen können.«

»Da muss ich dir in einem Punkt widersprechen, Ern«, meldete sich Axel nun zu Wort. Wir lauschten mit angehaltenem Atem. Schließlich war er ja von uns der einzige gewesen, der den Vorfall gestern hautnah mitbekommen hatte. »Er hatte eine Plastikflasche vor der Mündung platziert. Es ist nicht sonderlich fachmännisch, aber für eine bestimmte Zeit wirkt so eine Flasche wie ein Schallschutz. Ehrlich gesagt, die Schüsse hatten nur ein Surren von sich gegeben, und ja«, fügte er mit einem Blick auf meinen sich öffnenden Mund hinzu, »daran hatte ich mich erinnern können, und ja, ich habe dies der Polizei auch gesagt.«

Ein kurzes Schweigen trat ein.

»Ziemlich sadistisch«, bemerkte Ernie.

»Aber auch nicht blöd«, meldete sich Tims Gelehrtenstimme. »Immerhin schien er auch nie vorgehabt zu haben, sich im Anschluss an die Tat selbst zu erschießen, wie wir es bei anderen Amokläufen mitgekriegt haben. Der hatte einen Plan von A bis K und nach ›Amok‹ und ›Killen‹ sollte das Leben für ihn bis Z sorglos weitergehen.«

»Wie dem auch sei«, ergriff ich das Wort. »Wir wissen jetzt zwei Dinge: Er spielt wohl Paintball und seine virtuelle Identität haben wir auch.«

»Wir kennen seine achtzehnstellige Nummer«, bemerkte Ernie vom Schreibtisch aus an. »Wie bringt uns die weiter?«

»Bei mir zu Hause befindet sich zufällig ein Programm, welches uns weiterhelfen könnte. Wenn ihr mir die Zeit gebt, fahre ich schnell nach Hause und hole es.«

»Sollst du haben«, sagte Ernie begeistert.

»Wenn ihr nichts dagegen hättet, würde ich auch eben einen Abstecher zu mir nach Hause einlegen und mich ein wenig umziehen«, meldete sich Tim und zupfte an seinem völlig durchnässten T-Shirt.

»Gute Idee«, pflichtete ihm Axel bei. »Wann treffen wir uns wieder hier?«

»Jetzt haben wir es kurz nach vier«, bemerkte Ernie mit einem Blick auf seine Wanduhr.

»Halbe Stunde?«, fragte ich.

GEGENWART

28. April, 16:12 Uhr

D a bist du ja«, begrüßte mich meine Mutter.
So schnell, wie wir zuvor unseren Spurt aus dem Schulgebäude und zum Feuerhügel hinauf eingelegt hatten, war ich nach Hause geradelt. Ich wollte nur meine Sachen daheim ablegen, es mir schnappen und sogleich wieder auf den Weg zu Ernie machen.

»Ja«, gab ich schließlich in gehetztem Ton zurück. »Aber wir treffen uns gleich noch mal bei Ernie daheim.«

»Das wird wohl warten müssen. Wir haben die Polizei da.«

In Sekundenbruchteilen nahm mein Herz den Expresslift abwärts.

Bin ich doch erkannt worden? Hatten die anderen auch gerade Besuch von der Polizei?

»Worum geht es?«, fragte ich vorsichtig.

»Sie haben wegen gestern wohl noch ein paar Fragen an dich.«

Mit dem Gefühl, auf einer scharfen Mine zu stehen, betrat ich innerlich bebend das Wohnzimmer.

»Grüß dich, Kleiner«, begrüßte mich ein altbekanntes Gesicht über einer Polizeiuniform.

»Hallo, Joey«, antwortete ich völlig perplex. »Was machst du denn hier?«

Mir war völlig entfallen, dass auch einige Absolventen des Gymnasiums, welche anschließend eine Laufbahn als Gesetzeshüter eingeschlagen hatten, ebenfalls mit den Vorfällen gestern betraut sein könnten. Zu diesen Leuten gehörte auch Joey, der darüber hinaus auch die Quelle meines polizeilichen Wissens darstellte.

»Wir führen noch einmal Befragungen durch und da hab ich die Möglichkeit ergriffen, dich mal wieder zu sehen, nachdem ich nicht mehr so oft ins Training kommen kann.«

So schnell, wie mir vor wenigen Augenblicken noch das Herz in die Hose gerutscht war, fielen nun die Steine davon wieder ab. Gleichzeitig kehrte das triste Gefühl dieser Leere in meine Gedanken zurück. Und der Grund, warum das alles gerade so geschah.

Joey war mein Blick zweifellos nicht entgangen. Auch er, sonst eine wandelnde Frohnatur mit extrem losem Mundwerk, wirkte ziemlich mitgenommen. Sein aufmunterndes Lächeln war gut gemeint, doch erkannte ich es als sehr aufgesetzt.

Obwohl wir aufgrund des Altersunterschieds noch nie miteinander für den Verein gegen den Ball getreten hatten und dies auch bis zum Herrenbereich nicht tun würden, hatten wir uns nach dem ersten gemeinsamen Trainingsspiel blendend verstanden. Wenn – und heute müsste man wegen seiner beruflich bedingt geringen Trainingsbeteiligung »falls« sagen – wir zusammen Training hatten, ließ er es sich nicht nehmen, mich mit dem Auto nach Hause zu fahren. Er war mit seiner Art ein Typ und Spieler, der jeder Mannschaft guttat, sofern man mit ihm zusammenspielte. Als Gegner würde ich ihn mir nicht wünschen.

»Tut mir leid, Kleiner«, sagte er schließlich und sein Blick wurde ernst. »Auch, weil es dich so hart getroffen hat. Wie geht es ihr denn?«

Dass ich es eigentlich eilig hatte, war in der nächsten Stunde unwichtig geworden. Bereits am Vortag war ich von der Polizei befragt worden und Joey ergänzte dieses Protokoll mit vereinzelten Fragen nur ein wenig.

Den Großteil redeten wir hingegen über meine Freundin, wie es ihr gerade ging und wie die Ermittlungen ablaufen würden. Ich dachte schon darüber nach, ihm von unserem Fund zu erzählen, doch gestand ich mir ein, dass vieles noch im Bereich der Spekulation lag, und Joey darüber hinaus wohl auch nicht scharf darauf war, zu erfahren, dass wir heute unerlaubterweise ins Schulhaus eingestiegen waren. Stattdessen versuchte ich immer wieder, ihm ganz beiläufig Interna zu entlocken, doch brachte er es fertig, mir sämtliche Informationen, die ich zu erfahren hoffte, vorzuenthalten.

»Ich fahr dann mal zurück ins Büro und schreibe dein Protokoll fertig. Werde vor Arbeit wohl ohnehin die Nacht kein Auge zumachen«, stöhnte Joey. »Und hör mal, auch wenn du persönlich schwer davon betroffen bist, tu mir einen Gefallen und halt die Füße still! Ich weiß, dass das leichter gesagt als getan ist, aber ich verspreche dir, mein Möglichstes zu tun, dieses Schwein hinter Gitter zu bringen. Und du würdest mir nur einen Bärendienst erweisen, wenn du irgendwas auf eigene Faust unternimmst und dich womöglich in Gefahr bringst.«

»Ist in Ordnung«, entgegnete ich tonlos und mit ausdrucksloser Mine.

Joeys besorgter Blick verriet mir, dass er über meine Lüge Bescheid wusste. Er sagte jedoch nichts, klopfte mir stattdessen aufmunternd auf die Schulter und verließ den Raum.

Wenige Minuten verharrte ich reglos. Dann schwang ich mich vom Sofa hoch und verschwand für fünf Minuten nach oben – eine brauchte ich im Arbeitszimmer meiner Mutter, vier in meinem eigenen. Schon raste ich treppab, verabschiedete mich eilig von meiner Mutter und stieg aufs Rad.

Es hatte ich unbemerkt in der Hosentasche verstaut.

VERGANGENHEIT

Drei Jahre zuvor, Januar

Tobias, ich war sehr begeistert!«

Der Deutschlehrer stand vor ihrem Tisch. Seine Stimme überschlug sich fast und schwungvoll ließ er einen grauen Bogen linierten Recyclingpapiers auf die von Tausenden Schülern in den vergangenen Jahrzehnten auf verschiedenste Arten verzierte Holzoberfläche flattern.

In der rechten oberen Ecke prangte eine große rote Zahl. *12.*

Zwölf Punkte! Eine respektable Leistung. Schnell ging er im Kopf die Notenskala durch, um zu vergleichen, welcher Schulnote diese Bewertung entsprochen hätte. Eine *2*+! Damit könnte man leben.

Das Problem war nur: Er war gar nicht Tobias.

Über die zwölf Punkte durfte sich gerade sein Banknachbar freuen, während er weiterhin wie auf die Folter gespannt dasaß, um seine Klausur entgegenzunehmen.

Textanalyse – *Faust. Der Tragödie erster Teil* – während der Lektüre ein Buch mit sieben Siegeln und, um dem Ganzen die Krone aufzusetzen, noch dazu die schier aberwitzigen Interpretationen, welche dem guten Goethe dabei in den Mund gelegt wurden. Wenn dieser sich beim Schreiben tatsächlich derartige Gedanken gemacht hatte: Chapeau!

Nichtsdestotrotz waren während der Klausurenzeit auch bei ihm die Gedanken und Interpretationen nur so gesprudelt. Seine Angst, die ihn in der Nacht vor dem Test nicht hatte einschlafen lassen, nach drei Stunden Bearbeitungszeit mit gerade einmal einer Dreiviertelseite Geschriebenem abgeben zu müssen, hatten sich schnell erledigt. Seine Kugelschreibermine hatte einen atemberaubenden Tanz auf grauem Untergrund hingelegt. Beinahe sechs vollgeschriebene Seiten waren das Ergebnis und sein Gefühl ein deutlich positiveres als noch bei Unterrichtsbeginn.

Der Deutschlehrer trat vor sie.

Ein grauer Papierbogen landete auf dem Tisch.

Ein mitleidiger Blick des Deutschlehrers (oder war er nicht gar voller Hohn?).

Eine rot leuchtende Ziffer in der rechten oberen Ecke.

4.

»Schade«, begann der Herr Oberstudienrat, »eine Tischhälfte mit einer Überraschung – für die Sensation hat die andere aber dann gründlich versagt.«

Abgang des Herrn Oberstudienrat. *Na vielen Dank!*

Er sah zur Tischhälfte neben ihm. In Tobias' Gesicht bestätigte sich die Überraschung. Tobias, der zur Oktoberfestzeit mit einer solchen Fahne neben ihm gesessen hatte, dass sich sein Blutalkohol mit fortschreitendem Unterricht selbst in nicht mehr ganz nüchterne Sphären begab. Dessen Sprachdeutsch in etwa so astrein war wie eine zerbrochene und wiederzusammengesetzte Vase, wobei der Kleber durch die ständigen »Digga« recht treffend repräsentiert war.

GEGENWART

u kommst spät«, waren Ernies erste Worte, als er mir die Tür öffnete.

»Ein Zauberer kommt nie zu spät«, zitierte ich, während meine Gesichtsmuskeln den unwiderstehlichen Drang verspürten, den rechten Mundwinkel so weit wie möglich nach oben zu ziehen. »Ebenso wenig kommt er zu früh. Er trifft genau dann ein, wenn er es beabsichtigt.«

»Laber kein Kaba! Schwing dich hoch! Die anderen warten schon.«

Wie bereits erwartet, war ich tatsächlich der Letzte. Axel, Tim und Moritz warteten bereits wieder in Ernies Dachgeschoss.

»Wir hatten schon befürchtet, du kommst nicht mehr«, bemerkte Moritz.

»Bin aufgehalten worden«, erwiderte ich knapp.

»Mami mit Abendessen?«, witzelte Tim.

»Polizei.«

WUMM!

Die Antwort hatte eingeschlagen. Deutlich war zu sehen, dass sich plötzlich alle so fühlten, wie ich, als mir meine Mutter den polizeilichen Besuch angekündigt hatte.

»Hat man dich erkannt?«, platzte Axel heraus.

»Nässt euch nicht gleich ein. Joey war kurz da und hatte noch ein paar Fragen an mich.«

»Und hast du dein Zauberprogramm dabei?«, hakte Ernie nach, der soeben die Zimmertür ins Schloss fallen ließ.

Wortlos zog ich *es* hervor. Ein USB-Stick an einem Schlüsselanhänger baumelte zwischen meinen Fingern herab. Ich zog die Schutzkappe herunter und steckte ihn in das entsprechende Laufwerk an Ernies Rechner.

»Dies hier ist ein kleines Identifizierungsprogramm, an dem meine Mutter mitgewirkt hat«, erklärte ich, während ich den Ordner öffnete und das Programm mittels Doppelklick startete. »Es kann nur durch die Eingabe einer IP-Adresse alle PCs abklappern und spuckt irgendwann den gesuchten aus.«

»Cooles Ding!«, waren die ersten Worte. Sie stammten von Ernie.

Ich wusste, was danach kommen würde: »Kannst du mir dieses Programm schnell von deinem Stick ziehen und mich als guten Freund daran teilhaben lassen?«

»Tut mir leid, Ernie. Aber es ist überhaupt schon geheim, dass ich dieses Programm besitze. Eigentlich ist es nur für Zuständige des BKA gedacht. Wenn es irgendwie bei einem in meinem Umfeld auftaucht, steckt meine Mutter bis zum Hals in der Scheiße.«

»Ach, so ist das.«

Die Enttäuschung war Ernie sichtlich anzumerken.

Moritz jedoch hatte ein anderes Problem.

»Ich nehme mal an, wir haben damit die Grenzen der Legalität hinter uns gelassen?«, fragte er skeptisch.

»Meine Mutter ist im Testbereich zuständig. Eine bessere Testsituation kann man sich doch gerade gar nicht ausdenken«, entgegnete ich mit unaufgeregter Stimme.

»Und deine Mutter wird den Stick auch bestimmt nicht vermissen?«, bohrte Moritz nach.

»Nachdem das hier nicht ihrer, sondern mein Stick ist, was meinst du?«

»Hast du etwa …?«, prustete Moritz hervor, während Ernies Augen wieder anfingen zu leuchten.

»Jetzt mach kein Drama daraus!«, herrschte ich ihn an. »Das Programm wird nur hierfür verwendet. Nur wir fünf wissen davon und«, fügte ich mit einem Blick auf Ernies Gesichtsausdruck hinzu, »der Stick wird im Anschluss daran restlos vernichtet!«

»Und wie viel Adressen schafft das Zauberprogramm in der Sekunde?«, fragte Ernie, um sich seine Enttäuschung möglichst nicht anmerken zu lassen.

»So um die 50 000«, antwortete ich, ohne die Augen vom Bildschirm zu wenden.

»Aber die Zahlen in einem der vier oder sechs Blöcke reichen doch von 000 bis 255«, meldete sich Axel von der anderen Seite des Raumes. »Da gibt es bei einer IPv4 doch über vier Milliarden Möglichkeiten! Das heißt, du würdest«, wir warteten kurz, um unserem menschlichen Taschenrechner bei der Arbeit zuzusehen, »trotzdem fast einen Tag brauchen, bis du alle Möglichkeiten ausprobiert hast!«

»Ich muss ja auch nicht weltweit suchen«, gab ich zurück und schrieb mir ein schelmisches Grinsen ins Gesicht. Einen kleinen Trick hatte ich den Versammelten bislang verschwiegen. »Wenn ich es hier auf unsere Stadt beschränke, dauert das nicht mal annähernd so lange.«

Nun wagte keiner mehr, etwas zu sagen.

In der Zwischenzeit hatte sich ein Fenster auf dem Desktop geöffnet. In einem Auswahlmenü konnte zwischen einer IPv4 und einer IPv6 entschieden werden. Ich wählte Ersteres und es trat ein kleineres Fenster mit vier weißen Feldern in den Vordergrund. Am linken Rand des ersten blinkte ein schwarzer Balken auf. In den Zwischenräumen der vier Felder befand sich jeweils ein kleiner schwarzer Punkt. Mithilfe des Zettels, den mir Ernie vorhin gereicht hatte, tippte ich die zwölf Ziffern in die Kästchen ein.

Nun tauchte ein drittes Fenster auf, in dessen Option ich meine Suche gegebenenfalls einschränken konnte. Ich wählte aus den Dropdown-Menüs als `Staat: GER`, als `Bundesland: BAY` und entschloss mich, die Suche auf meine Stadt einzuschränken.

In das kleine Feld neben dem Wort `Stadt` tippte ich nur die beiden Buchstaben ein, sodass ich mir langes Herunterscrollen sparen konnte. Nun klickte ich mit dem Mauscursor auf den Button mit `Suche starten` in der rechten unteren Ecke des Fensters und das Programm waltete seines Amtes.

»Hat dieses Programm eigentlich einen Namen?«, wollte Tim wissen.

»`Sniper`.«

»Cooler Name«, bemerkte Axel.

Als der Chef meiner Mutter einen Namen gesucht hatte, hatte ihm mein Vorschlag zugesagt. Daher freute ich mich über dieses Lob, welches Axel soeben, ohne es zu wissen, ausgesprochen hatte.

PLOPP!

Das Geräusch ließ mich meinen Blick zurück auf den Bildschirm werfen. `Sniper` war fündig geworden. Ich kopierte das ausgespuckte Ergebnis, rief den Internetbrowser wieder auf und fügte das Ergebnis der Suche in eine Map-Funktion einer Internetsuchmaschine ein.

Sofort hatte ich den PC lokalisiert. IPv4-Adressen waren heutzutage meist nur noch in Internetcafés zu finden. Die digitale Karte bestätigte diese Regel. Auch Ernie sah, was sein Heiligtum vollbracht hatte.

»Nun denn, dann wollen wir der Spur mal nachgehen!«

VERGANGENHEIT

Drei Jahre zuvor, Januar

In der nächsten Pause war schon am Gesichtsausdruck der anderen zu erkennen, dass auch ihre Deutschklausur besser ausgefallen war.

»10 Punkte, Alter! Und ich hab den letzten Dreck hingerotzt!«, frohlockte einer und ein zweiter stimmte mit ein: »Die gibt halt immer gute Noten. Nichts Schlechteres als 8 Punkte bei uns. Dabei hat keine 'nen Peil von dem Mist.«

Prima, dachte er bei sich. *In Deutsch kommt es eben nur auf den Wesenszug des Lehrers an – oder teils auch einfach nur die momentane Laune. Und da habe ich wohl so richtig die Arschkarte gezogen. In Mathe oder Chemie wären die Ergebnisse komplett transparent und nachvollziehbar. Aber in Deutsch? Da muss man schon das Gespräch mit dem Pauker suchen. Verzichte dankend!*

Eine Frage riss ihn aus dieser in ihm Brechreiz auslösenden Vorstellung: »Bist du in Ordnung?«

Ein Schulkamerad aus dem Parallelkurs hatte ihn mit einem besorgten Blick taxiert. Erst jetzt fiel ihm auf, dass er in einer Haltung erstarrt war, als würde er im nächsten Moment sein Frühstück von sich geben. Noch zu angewidert, um ein Wort herauszubringen, nickte er nur.

»Wie ist's bei dir ausgefallen?«, fragte ihn der, der laut eigenen Worten den letzten Dreck hingerotzt hatte.

Den Daumen eingeknickt, streckte der Gefragte Zeige-, Mittel-, Ring- und kleinen Finger zur Antwort hoch.

»Madig«, kam von dem zurück, der vermutlich eine ähnlich Grütze aufs Blatt gezaubert hatte, dessen Lehrerin aber trotzdem mindestens 8 Punkte verschenkte. Ob aufrichtiges Mitleid in seinen Worten überschwappen sollte, war nicht eindeutig zu sagen. Womöglich war es ihm ob seines Glücksgefühls, in einem weniger anspruchsvollen Deutschkurs zu sitzen, nicht möglich. Oder er wollte dem Opfer aus dem anderen Kurs keine Gelegenheit geben, mit seinem Herzeleid herum zu klagen, wenn er selbst sich in so prächtiger Stimmung befand.

Wollte er aber eigentlich auch gar nicht. Mitleid von anderen, deren Leistung für ein gutes Deutsch-Abi darin bestehen würde, durch Zufall an eine Deutschlehrerin zu geraten zu sein, die gnädig mit deren Geschreibsel umging, obwohl Goethe sich bei der Lektüre der Einleitung schon im Grabe umgedreht hätte.

So war er auch wenig empfänglich für aufmunternde Worte: »Mach dir keinen Kopf! Es ist doch nur eine Note.«

Er war ihnen dankbar, auch wenn er es ihnen in diesem Moment nicht zu zeigen imstande war. Denn er sah den Tatsachen ungeschönt ins Auge. Es war eben nicht nur eine Note – es war eine gottverdammte Unverschämtheit!

GEGENWART

28. April, 17:39 Uhr

So ein Mist!

Am Fenster stehend blickte er mit verschränkten Armen nach draußen. Das grelle Sonnenlicht fiel durch die frisch geputzten Fensterscheiben in den Raum. Eine leichte Brise brachte die Baumwipfel leicht zum Schaukeln. Doch eigentlich achtete er nicht darauf.

Beinahe hätte er mich gekriegt, wer auch immer es war!

Er löste die Verschränkung und trat vom Fenster weg.

Hab ich auch alle Spuren beseitigt? Die Waffe liegt im Fluss, die findet so schnell keiner. Das blutverschmierte Gewand liegt im Keller, das wird heute Nacht verbrannt.

Er zählte es an den Fingern ab.

Es fehlt nur noch die Website. Hätte dieser Arsch mich mit seinem hässlichen Trojaner nicht aufgehalten, wäre morgen alles erledigt!

Er trat in die Küche. Die Jalousie war ein wenig heruntergelassen worden und so war es hier, trotz des dieses Jahr früh einsetzenden sommerlichen Wetters, angenehm kühl. Ob diese Ankündigung wirklich hätte sein müssen?

Bei diesem Scheißverein war es das wert. Die haben es nicht anders verdient!

Er nahm ein Glas aus dem Hängeschrank über der Spüle. Nun jedoch ärgerte ihn diese Schnapsidee, diese Vollidioten, denen er das Licht ausgeknipst hatte, auch noch verhöhnen zu wollen.

Aber besser, als mir vor der Polizei selber ins Hirn zu blasen.

Sogar er war erstaunt gewesen, wie problemlos seine Flucht gelungen war.

Ich werde morgen wohl ein anderes Internetcafé aufsuchen müssen, um auch die letzte Spur beseitigen zu können.

Kaltes Wasser floss aus dem Wasserhahn in das Glas.

Hoffentlich stöbert dieser Wichser mich kein zweites Mal auf, denn in dem anderen Laden kennt mich jeder.

Das Glas berührte seine Lippen und er nahm einen mächtigen Schluck.

GEGENWART

29. April, 13:36 Uhr

Das Klappern der Tasten zeugte von der hastigen Bearbeitung der Laptop-Tastatur unter meinen Fingern.

Der Upload einer neuen Spyware-Version war fast abgeschlossen. Wenige Minuten zuvor hatte Ernie die seine von dieser grauenvollen Website entfernt, um Platz für meine zu schaffen.

Somit war die Internetseite für diesen kurzen Zeitraum ohne unsere Überwachung. Blieb also zu hoffen, dass der Killer nicht ausgerechnet in diesen wenigen Minuten einen Zugriff startete.

Mit dem Füllen des blauen Balkens, der mir den Status des Uploads anzeigte, stieg auch mein Adrenalin bis unters Dach.

Ähnlich einem Gefängniswärter, der die offene Zelle eines schlafenden Insassen zu einem kurzen Abstecher aufs Klo verließ und hoffte, dass der Eingebuchtete währenddessen nicht aufwachte.

Das Programm war fertig hochgeladen.

Mein Herz ließ meinen gesamten Körper erbeben.

Die Website war unverändert.

Ein Glück!

Ein tiefer, erleichterter Atemzug füllte meine Lungenflügel.

Während ich also auf den lackierten Holzstreben der Bank darauf wartete, dass ein erneuter Zugriff getätigt wurde, ließ ich in meinen Gedanken den Rest des vergangenen Tages Revue passieren.

Ohne viel Sand verrinnen zu lassen, waren mit Axel, Moritz und ich die Sportlichsten der Clique sofort zu besagtem Internetcafé gefahren, nachdem wir dessen genauen Standort herausgefunden hatten, während Tim und Ernie vor dem Computer Stellung bezogen hatten.

Für den Fall, dass die beiden einen erneuten Zugriff auf die Internetseite würden lokalisieren müssen, hatte ich sogar meinen USB-Stick in Ernies Rechner stecken gelassen. Allerdings hatte sein Besitzer mir hierfür hoch und heilig versprechen müssen, von einer Kopie von Sniper abzusehen. So sehr er auch in alles Technische vernarrt war, so wenig würde er dafür eine Freundschaft riskieren.

Bedauerlicherweise hatte uns in dem Internetcafé niemand weiterhelfen können. Der Gesuchte war dort anscheinend bisher nicht allzu oft gewesen und daher auch ebenso wenig bekannt.

Zugegeben, ein kräftiger Rückschlag. Nicht zuletzt deshalb, weil wir davon ausgehen konnten, im Café nicht mehr auf den Täter zu treffen, dem das Risiko, dort doch noch erwischt zu werden, zweifelsfrei auch zu hoch war.

Die nach der Dechiffrierung der IP-Adresse aufgekommene Hochstimmung war zum Ende des Tages wieder verflogen. Auch bei Ernie und Tim hatte sich in der Zwischenzeit nichts gerührt, sodass Ersterer sogar den Plan unterbreitet hatte, bei ihm die Nacht zu verbringen. Doch außer mir erhielt keiner die Erlaubnis dazu. Im Gegenteil, manche bekamen sogar in verärgertem Ton zu hören, dass sie sich in einer solch traurigen Zeit mehr ihrer Familie zuwenden sollten, anstatt wörtlich »mit den Kumpels rumzublödeln«.

Doch wenn es den anderen genauso ging wie mir, empfand ich, wie ich am nächsten Morgen in der Klinik feststellte, dieses »Rumblödeln« als vortreffliche Ablenkung und auch irgendwie als erfüllend. Wiederum hatte ich lange durch das Fenster zur Intensivstation gestarrt – und hasste mich gleichzeitig dafür, dass ich nichts tun konnte. Neuigkeiten vermochte der Arzt mir auch nicht mitzuteilen.

Mit dem jüngsten Misserfolg vom Vorabend mental ohnehin bereits angeschlagen, war ich dementsprechend geknickt heimgekehrt und hatte mir meinen Laptop geschnappt. Nun saß ich seitdem an dem kleinen Picknicktisch am Bolzplatz und versorgte das Gerät mit den mobilen Daten meines Handys.

Per Fernkommunikation hatte ich dann mit Ernie vereinbart, eine eigene Spyware auf die Website laufen zu lassen. Der Sinn dahinter war, im Falle des Falls, `Sniper` mit einer erneut entschlüsselten IP einen weiteren Zugriffsort lokalisieren zu lassen und mich sogleich so mobil wie möglich zu halten, um diesen Ort schnell aufsuchen zu können.

Das Spyware-Programm, mit dem Ernie am Vortag bereits hantiert hatte, war während einer Informatikstunde an der Schule von einem Schul-PC auf den nächsten übergesprungen. Bis heute weiß niemand, wer der Urheber dieser Sauerei gewesen war, welche die Informationstechnik unserer Schule arg in Mitleidenschaft gezogen hatte. Allerdings hatte Ernie – für den ich in diesem Falle die Hand ins Feuer zu legen bereit war – keinen Moment verschwendet, dieses Programm auf einen eigenen Datenträger zu ziehen, um die Spyware daheim einmal zu »untersuchen«, wie er behauptete.

Ob und was er daran gedreht hatte, konnte ich nicht sagen. Gestern schien jedoch ein passender Zeitpunkt gewesen zu sein, sie ausnahmsweise selbst einmal auszutesten. Eine Kopie davon – wofür Ernie natürlich im Gegenzug, aber erfolglos mir `Sniper` aus dem Kreuz zu leiern versucht hatte – hatte ich vor wenigen Augenblicken nun selbst auf die Website importiert.

Nun saß ich da, eine kühle Brise umspielte mein Gesicht, und der USB-Stick mit `Sniper` hing auch schon in seinem Laufwerk, bereit, sogleich benutzt werden zu können. Falls ich nach einer IPv6-Adresse würde suchen müssen, hatte ich der Spyware einen automatischen Mailbomben-Download angehängt. Indem sich dadurch unzählige Fenster gleichzeitig öffnen würden, sollte der User damit für einen ausreichenden Zeitraum beschäftigt und der PC lahmgelegt worden sein.

Noch während ich damit beschäftig war, mir vorzustellen, wie ein Prozessor vor unzähligen, gleichzeitig ausgeführten Operationen kapitulierte, erklang der vertraute Ton eines attackierenden Virus.

Ein erneuter Zugriff!

Augenblicklich tat mein Spyware-Programm seine Arbeit. Der Bildschirm des Betroffenen wurde nun in Sekundenbruchteilen mit unzähligen Programmen und Nachrichten zugemüllt. Zeitgleich transferierte es mir sämtliche Daten, die es finden konnte, und spuckte mir unter anderem die IP-Adresse des Benutzer-PCs aus.

Es schüttelte mich kurz vor Aufregung und ängstlich blickte ich mich um, ob auch ja niemand mitbekam, was ich hier Illegales trieb.

Diesmal handelte es sich um einen achtzehnstelligen Code. Ich startete `Sniper`, wählte das richtige Eingabemuster, kopierte den Zahlencode in die sechs Felder und grenzte meine Suche wie gestern wieder ein. Dann startete ich den Vorgang.

»Komm schon! Komm schon!«, murmelte ich leise.

Diesmal konnte es leider wirklich länger dauern. IPv6-Adressen vermochten rund 280 Billionen mögliche Zahlenkombinationen zu produzieren. Auch wenn ich die Suche nur auf meine Stadt und deren Kreis beschränkte, konnten wertvolle Minuten verstreichen.

Hoffentlich enthielt meine virtuelle Bombe für diesen Arsch genug Sprengstoff, um mir die nötige Zeit zu verschaffen. Stundenlang hatten Ernie und ich gestern Abend daran gesessen.

Mit Ernies Kenntnissen am Computer und im virtuellen Raum konnte ich bei Weitem nicht mithalten. Doch der gestrige Crashkurs hatte es mir verständlich gemacht, wie man eine Mailbombe baute, die sich nicht nur auf das Postfach, sondern auf das gesamte System ausbreiten konnte. Das einzige Mittel gegen einen solchen Spam-Angriff war der Notkill – das sofortige Abschalten des PCs.

Allerdings würde auch diese Operation erst nach dem vollständigen Öffnen aller Programme, Dateien und Nachrichten in Gang gesetzt. Darüber hinaus wäre es eine überaus unvorteilhafte Option, sofern man Aufmerksamkeit – und die bekam man beim Notkillen in einem Internetcafé garantiert – aus dem Weg gehen wollte. Ein paar wertvolle Minuten sollten mir allerdings verschafft werden.

Das nun ertönende Geräusch war wie Musik in meinen Ohren.

`Sniper` hatte den PC ausfindig gemacht!

Schnell fügte ich das Ergebnis wieder in die Map-Funktion einer Internetsuchmaschine ein.

Da war er!

Nur ein paar Straßen weiter hatte sich jemand an der Webseite zu schaffen machen wollen!

Wieder handelte es sich um ein Internetcafé. Und dank der metergenauen Ortung durch `Sniper` wusste ich sogar, dass der PC ganz hinten in der Ecke benutzt worden war. Mit wenigen Tastenkombinationen schloss ich sämtliche Programme, stellte meinen Laptop auf Stand-by und steckte ihn nach der Entfernung des Memory-Sticks in meinen Rucksack.

In Windeseile schwang ich mich auf den Sattel.

GEGENWART

29. April, 13:38 Uhr

erdammte Scheiße!«, fluchte er leise.

Während er hilflos dabei zusah, wie sich auf dem Bildschirm ein Fenster nach dem anderen unkontrolliert öffnete, rastete in ihm die Erkenntnis ein, erneut ertappt worden zu sein.

Das hat mir gerade noch gefehlt. Ich kann hier erst weg, ohne Verdacht zu schöpfen, wenn dieser Scheiß aufgehört hat.

Es stand außer Frage, dass jemand ihn mit dieser Mailbombe aufzuhalten versuchte.

Aber warum? Um mich hier festzusetzen?

Ein weiteres Fenster tat sich auf, und schon wieder eins. So unauffällig wie nur möglich presste er seine Fußspitze auf den Ausschaltknopf. Nichts geschah, außer dass in der Zwischenzeit fünf weitere Fensterflächen erschienen. Kalter Angstschweiß brach auf seinem gesamten Körper aus, der sich auf glühenden Kohlen zu befinden schien.

Womöglich würde hier gleich jemand auftauchen und ihn holen.

Ihn festnehmen.

Ihn einbuchten.

Nervös blickte er in dem Internetcafé umher. Außer ihm waren hier noch vier Leute. Ein älterer Herr mit einer langen Zigarre im Mund saß in einem abgeschlossenen Raum. Zwei Schüler waren an einem Nebentisch. Vermutlich gamten sie online. Die vierte Person war die Inhaberin hinter dem Tresen. Sie war eine gute Freundin der Mutter und er daher auch ihr bekannt. Bei ihr bekam er immer ermäßigte Nutzungspreise.

Er blickte zurück auf den Monitor. Wie ihm auffiel, öffnete sich kein Fenster mehr. Ein weiterer Rundumblick versicherte ihm, dass noch immer niemand sein Problem bemerkt hatte. Sein Schuh drückte erneut gegen den Knopf am Rechner. Sofort wurde der Bildschirm schwarz.

Mit schnellen Schritten wollte er aus dem Laden eilen. Er hatte für eine Stunde bezahlt und war nur eine gute Viertelstunde, vielleicht zwanzig Minuten daran gesessen. Doch nach seinem zweiten gescheiterten Versuch, die Website endlich vom Netz zu nehmen, hieß es nun stiften gehen – und zwar so schnell wie möglich!

An der Tür rannte er fast mit einem Jugendlichen zusammen, der die Räumlichkeiten soeben betreten wollte.

»Mach die Augen auf!«, meckerte der Teenager.

»Pass auf, du kleiner Scheißer!«, blaffte er dem Jugendlichen in sein sommersprossiges und von dunkelblonden Locken betiteltes Gesicht und ballte die Fäuste.

»Ciao«, sagte er schließlich zu der Besitzerin und verließ das Internetcafé.

»Bis dann, mein Junge«, wollte die Frau noch sagen, als die Tür jedoch bereits ins Schloss gefallen war.

Mit schnellen Schritten lief er die Straße hinunter.

Am besten, ich fahr nach Hause, vernichte alle Spuren, bis auf die virtuellen, und mach mich vom Acker.

Als er um eine Hausecke bog, kam ein aschblonder Jugendlicher auf seinem Fahrrad vor dem Internetcafé zum Stehen, sprang ab und stieß die Tür auf.

GEGENWART

29. April, 13:41 Uhr

Keuchend betrat ich das Café.

Hier musste der Zugriff auf die Website stattgefunden haben. Der PC in der Ecke musste es sein.

»Kann ich dir weiterhelfen, mein Lieber?«, fragte mich die Frau hinter der Kasse in freundlichem Ton. Mit ihren rubinrot getönten Haaren wäre sie sogar recht ansehnlich gewesen, hätten sie nicht ein Gesicht ohne auch nur einen einzigen Quadratzentimeter ungeschminkter Haut umrahmt.

»Nein, danke, ich wollte nur etwas suchen, das ich womöglich hier verloren hatte«, brachte ich nach Luft ringend noch heraus.

Langsam trat ich auf den Bildschirm in der Ecke zu. Er war besetzt. Wenn ich jetzt nur noch sehen konnte, ob sich immer noch unkontrolliert Fenster öffneten, wäre ich überzeugt gewesen, den Amokläufer gefunden zu haben.

Unterm Gehen zog ich mein Handy aus der Tasche, bereit, beim kleinsten Anzeichen für die Richtigkeit meiner Beweisführung eine ganze Polizeiarmee hier aufkreuzen zu lassen.

Nun konnte ich sehen, was der Monitor des PCs anzeigte. Es war ein reichlich beschriebenes Textdokument. Meine Bombe hatte also ihren Dienst bereits erledigt.

Dann fiel mein Blick auf den Jungen, der sich mittels Mauscursor an dem Bildschirm zu schaffen machte.

»Axel!«, rief ich aus.

Er drehte sich zu mir um. Ich sah ihn erstaunt an. Hatte er eben diesen Aufruhr verursacht? Doch er blickte nicht minder verwundert drein.

»Was los?«, fragte er überrascht.

Ich versuchte, mich zu sammeln. »Hast du auf die Website zugegriffen?«, zischte ich immer noch schwer atmend.

»Nein, hab mich grad erst hingesetzt.«

»Hast du gesehen, wer vor dir an diesem Platz gesessen hat?«, bohrte ich hastig nach.

»Ja, so ein aggressiver Großkotz. Rotblonde Haare, blaue Augen –«

Noch während er sprach, trat in sein erstauntes Gesicht der Blick der Erkenntnis. »Willst du damit sagen, dass das unser Killer …?«

Mit einer Handbewegung brachte ich ihn zum Schweigen.

Hier drin etwas von einem verrückten Killer zu verkünden, wäre in etwa so unauffällig gewesen, wie einen angezündeten Feuerwerkskracher unter den nächsten Schreibtisch zu werfen. Ich nickte nur und hoffte, dass unser Gespräch bisher nicht an unbefugte Ohren gedrungen war. Axel wurde blass.

»Okay, ich frag, ob man ihn hier vielleicht kennt.«

Ich wollte keine Zeit verlieren, drehte mich um und ging auf die Kassiererin zu.

»Hallo«, begann ich. »Kennen Sie diesen jungen Mann mit rotblonden Haaren und blauen Augen, der eben hier herausgegangen ist?«

»Ja, klar, aber warum fragst du?«, gab sie zur Antwort.

Da wurde mir klar, wie schlecht ich mich auf dieses Gespräch vorbereitet hatte. Ihn vor dieser Frau mit dem Amoklauf an unserer Schule in Verbindung zu bringen, erschien mir als äußerst schlechte Idee.

»Ich kenne ihn noch von der Schule«, begann ich, brachte den Satz zunächst nicht zu Ende.

»Etwa von der Schule, wo vor wenigen Tagen der Amoklauf stattfand?«, fragte sie mit betrübtem Unterton. »Schlimme Geschichte.«

»Sie wissen, welche Schule er besucht hatte?«

»Ich bin mit seiner Mutter bekannt, da bekommt man das ein oder andere mit«, sagte sie mit freundlichem Lächeln.

Einen zweiten Anlauf wagend begann ich: »Jedenfalls hat er dort hinten etwas liegen gelassen und vielleicht könnten sie mir weiterhelfen, es ihm wieder zu bringen.«

»Tut mir leid, mein Junge. Aber ich bin mir nicht sicher, ob das mit den Datenschutzbestimmungen so möglich ist. Außerdem«, und sie nickte in Axels Richtung, der soeben an meine Seite getreten war, »kommt es mir nicht so vor, als ob er viel von diesem Jungen, der wohl mit dir befreundet ist, viel hält.«

»Das kann ich ihm nachempfinden«, ging Axel sofort auf die Geschichte mit ein. »Er hat meines Wissens eine Freundin bei diesem Attentat verloren. Und ich schäme mich nun für meine Pietätlosigkeit, dass ich ihn in seiner Situation so blöd angemacht habe. Aber er hat seinen Speicherstick hier vergessen«, mit diesen Worten hielt Axel seinen eigenen hoch, »und bei dieser Gelegenheit könnte ich mich sofort bei ihm entschuldigen und die Dinge richtigstellen. Seien Sie doch bitte so freundlich, die Situation ist gerade für uns alle nicht leicht.«

GEGENWART

29. April, 13:46 Uhr

S uper Geschichte«, raunte ich Axel zu, während ich nach draußen trat.

»Nicht der Rede wert«, entgegnete Axel grinsend.

»Ist es eher eine wert, wenn ich dich frage, was du in einem Internetcafé treibst?«, frotzelte ich.

Man konnte sehen, wie unangenehm Axel diese Frage war. Er biss die Zähne zusammen. Offensichtlich war ihm die Situation ziemlich peinlich gewesen und er hatte wohl gehofft, durch seine Hilfe bei meiner Befragung etwas davon ablenken zu können.

Pustekuchen!

Bislang hatte ich ihn ausschließlich als Sportler angesehen. Nicht so exzessiv wie Moritz zwar, aber immerhin als einen Menschen, der seine Freizeit lieber draußen verbrachte. Ihn mir vor einer Konsole oder beim Zocken vorzustellen, hatte durchaus Potenzial, mein Weltbild wohl nicht gleich zu erschüttern, aber trotzdem gehörig ins Wanken zu bringen.

»Ich hab halt auch etwas Abwechslung gebraucht«, presste er durch die Lippen, »und wie soll es jetzt weitergehen?«

Noch immer stand er am Eingang zum Internetcafé und schien erpicht darauf, schnellstmöglich das Thema zu wechseln.

»Nun«, begann ich. »Wir haben die heißeste Spur, die wir je hatten. Ich will sie nicht kalt werden lassen.«

Axel verstand, was ich meinte. »Du meinst, zu ihm zu fahren?«

»Exakt«, war meine knappe Antwort. »Aber ich fahr zuerst schnell nach Hause, um mich ein wenig dafür auszurüsten.«

Axel zögerte kurz und ohne dass ich ihn darum gebeten oder auch nur eine mimische Andeutung gemacht hätte, antwortete er: »Ich mach nur schnell den PC aus und komm dann, ja?«

»Wenn du Lust hast«, gab ich zurück. Mir war klar, dass Axel damit in erster Linie die Peinlichkeit übertünchen wollte. »Was anderes bleibt dir ja ohnehin nicht übrig, wo du ihm ›seinen USB-Stick‹ zurückbringen wolltest.«

Sofort wandte er sich auf dem Absatz um, während ich mich bereits auf meinen Sattel schwang.

Wir hatten es geschafft! Der Killer war ausfindig gemacht!

Jetzt krieg ich dich, du Schwein!

Bei mir angekommen, ließen wir unsere Fahrräder einfach vor der Tür stehen. Axel behielt sie im Auge, während ich in unsere Wohnung sauste und ein paar handliche Gegenstände holte: ein Taschenmesser, ein größeres Küchenmesser und eine Eisenstange. Diese war eigentlich für unsere neuen Stühle gedacht, die wir gekauft hatten, doch vor heute Abend sollten wir ja wieder daheim sein und bis dahin eigneten sie sich hervorragend als Waffe.

Ich reichte Axel das Küchenmesser, verstaute das Taschenmesser in meiner Hosentasche und schob die Stange hinter meinem Kopf durch den T-Shirt-Kragen, sodass ich das kalte Eisen auf dem Rücken spürte. Damit sie nicht unten wieder herausrutschte, stopfte ich das T-Shirt in die Hose.

Die Betreiberin des Internetcafés hatte sich durch unsere geglückte List sämtliche Informationen vom Namen bis zur Adresse entlocken lassen.

Vom Himmel brannte die Sonne das nahende Ende des Tages herab, doch wir dachten nicht einmal daran, eine Pause einzulegen. Nicht jetzt, da wir das Ziel so nah vor Augen wähnten.

Nur drei Straßen weiter, im Villenviertel des Stadtteils, lag unser Ziel. Ein wirklich umwerfend großes Haus tat sich vor uns auf. Darauf hoffend, von keinem der Anwohner beobachtet zu werden, stellten wir unsere Fahrräder ein Haus weiter ab.

Sollte sich jemand in dem Haus befinden, würde er bei zwei fremden, an seinen Gartenzaun gelehnten Fahrrädern mit Bestimmtheit Verdacht schöpfen. An der Straßenlaterne um die Ecke sahen sie weitaus weniger auffällig aus.

»Wie kommen wir da jetzt bitte rein?«

Doch Axel sprach damit das Problem aus, woran ich in meinem Übermut noch überhaupt keinen Gedanken verschwendet hatte. Ebenso wenig wusste ich eine Antwort darauf. Mit dem Taschenmesser ließen sich Türen mühelos öffnen, ein womöglich Anwesender würde dies jedoch schnell bemerken.

»Wir schleichen ums Haus herum«, kam mir schließlich eine Idee. »Wenn jemand irgendeinen Weg findet, hineinzukommen, dann meldet er sich, ok?«

Axel nickte und machte sich sofort daran, die linke Seite des Hauses abzusuchen. Ich hingegen zögerte einen kurzen Moment.

Sollten wir den Rest auch hierher rufen?

Letztlich fiel meine Entscheidung dagegen, ich hätte schon nicht damit gerechnet, dass Axel mich bis hierhin begleiten würde. Mehr meiner Freunde sollte ich nicht in mögliche Gefahr bringen.

Und bis die hier antraben, ist eine halbe Ewigkeit vergangen.

So würden es also Axel und ich richten müssen. Daher folgte ich nun seiner Initiative, das Haus von der rechten Seite her auszubaldowern. Bei jedem Schritt behielt ich die Fenster im Auge.

Sollte jemand ohne Vorwarnung herausschauen, würde ich mich sofort flach auf das Gras hinter den Büschen fallen lassen. In dieser Deckung sollte man mich dann hoffentlich nicht mehr sehen.

Aber niemand zeigte sich am Fenster und so konnte ich mich leicht geduckt vorwärtsarbeiten. Schon war ich um das Haus herumgegangen und konnte nun den Garten dahinter in Augenschein nehmen, als von der anderen Seite Axels Lockenschopf hinter dem Gebüsch zum Vorschein kam. Er sah mich und winkte mich zu ihm herüber.

Ich sah vom Garten zur Terrasse. Sie war menschenleer. Das ganze Anwesen wirkte wie ausgestorben. Dennoch rannte ich immer noch geduckt den Gartenzaun entlang. Dann um die erste Kurve.

Für wenige Sekunden hielt ich an, verschnaufte kurz und vergewisserte mich mit einem weiteren Blick über das Buschwerk, dass sich auch im Garten keine Menschenseele befand. Sogleich setzte ich meinen unkomfortablen Sprint mit gebeugtem Oberkörper fort. Nach der zweiten Kurve erblickte ich auch schon Axel am Boden kauernd. Er erwartete mich ungeduldig.

»Da bist du ja endlich«, wisperte er. »Schau mal, was ich gefunden hab.«

In der Hocke drehte er sich um und deutete auf einen kleinen Schacht, den er soeben noch vor mir verdeckt hatte. An einer Seite waren Fenster eingelassen. *Der perfekte Einstieg!*

Wir blickten uns an. Die Lippen verzogen wir zu einem grimmigen Lächeln. In unseren Gesichtern lag ein Ausdruck vollsten Entschlusses. Ähnlich dem zweier Soldaten in der Vorfreude, im nächsten Moment eine Festung zu stürmen.

»Nach dir«, mimte Axel den englischen Gentleman und deutete mir, als erstes zu springen.

»Feigling«, murmelte ich zum Rande des Lochs kriechend. In einer fließenden Bewegung schwang ich meine Beine hinein und ließ mich fallen. Der Kies unter mir knirschte ein wenig, als ich aufkam.

»Sei mal nicht so laut«, hauchte Axel oben. »Wenn du irgendwo aufkommst, gibt's ja Erdbeben.«

Meine Lippen formten ein stummes *Leck mich am Arsch*, ehe ich mich dem Fenster zuwandte.

Wir hatten Glück! Es waren nur zwei Scheibenhälften mit hölzerner Umrandung, die sich nahtlos in den Rahmen fügten. Gummidichtungen sorgten für hermetische Verschließung und Wärmedämmung. Wie ich mit einem Blick durch die Fenster erkennen konnte, waren die Flügel durch einen Drehriegel verschlossen, dessen schwingendes Ende in einem Aufnahmebauteil, ähnlich einer Federklammer, endete.

Ich dachte an mein Taschenmesser. Wenn ich durch den Gummi den Riegel nach oben drücken könnte, wäre das Fenster wohl offen.

»Wie ist der Stand da unten?«, wehte Axels Stimme herab.

»Kleinen Moment«, flüsterte ich in meiner Hosentasche kramend und ohne den Raum hinter dem Fenster aus dem Blickfeld zu nehmen. »Halt lieber Ausschau da oben!«

Das Messer klappte in meiner Hand auf und ich schob die Klinge durch den Spalt der Fensterrahmen. Doch nun ließ sich das Taschenmesser nicht mehr bewegen. Eine Weile fummelte ich mit scharfer Klinge den Gummi in feiner Späne aus dem Fensterzwischenraum, bis das Loch breit genug war, sie hindurchzustecken und nach oben zu bewegen. Wenige Millimeter höher stieß das Messer auf Widerstand. Ich drückte etwas fester und hoffte, dass sich der Riegel anheben ließe und meine Klinge nicht stumpf werden würde.

Doch nur einen Augenblick später gab der Druck nach und ich schob mein Messer so weit nach oben, bis ich davon ausgehen konnte, dass der Riegel senkrecht stand und mich bei der Öffnung des Fensters nicht weiter behindern würde.

Vorsichtig drückte ich gegen eine der Fensterhälften.

Ohne Probleme und geräuschlos glitt sie von mir weg und ich drückte auch gegen die zweite.

Das Kellerfenster stellte nun kein Hindernis mehr dar.

Unter mir befand sich ein Bett, wahrscheinlich für Gäste gedacht, daneben ein Kleiderschrank. Am Fußende des Bettes führte eine Holztür nach draußen. An der gegenüberliegenden Wand stand auf einem kleineren Schrank ein schon etwas älteres Fernsehgerät, dessen schwarze Mattscheibe in diesem Moment meine Umrisse am geöffneten Fenster zeigte.

Ich machte einen Satz durch das Fenster hindurch und landete sitzend auf dem Gästebett. Es knarrte, als ich aufkam. Ich hielt sofort die Luft an und wagte nicht einmal die kleinste Bewegung.

Hatte dies jemand gehört?

Mit gespitzten Ohren lauschte ich angespannt.

Nichts war zu hören.

Ich steckte den Kopf durchs Fenster und schaute nach oben. Axel hockte immer noch am Rande des Lochs.

»Auf geht's, schwing dein Hinterteil hier herunter!«, flüsterte ich zu ihm hoch. Wenig später landete Axel vor mir auf der anderen Seite der Fensteröffnung.

»Sag ja nichts mehr über meine Landung«, murmelte ich ihm zu. »Wir können ja froh sein, wenn du keine Krater hinterlässt.«

Diese Frechheit bezahlte ich mit einer saftigen Kopfnuss. Axel sprang nun ebenfalls in den Raum hinein, landete allerdings neben dem Bett.

»Nach oben?«, fragte er.

»Wenn du einen anderen Weg findest, kannst du mir ja Bescheid sagen«, gab ich schroff zurück.

Langsam gingen wir auf die Tür zu. Ich öffnete sie einen Spalt breit. Auch im nächsten Raum befand sich kein Mensch. Diesmal war es eine Art Waschküche. Ein leicht modriger Geruch lag in der Luft.

Meine Hand war schon auf dem Weg zur nächsten Tür, als Axel mir auf die Schulter klopfte. Erschrocken drehte ich mich zu ihm um. Mit ausgestrecktem Finger deutete er auf einen Wäscheberg an der gegenüberliegenden Seite des Raumes.

Hier waren wir absolut richtig. Eine Hose und eine Jacke in Tarnfarben, Springerstiefel, Lederhandschuhe. Den Umkleideraum einer Kaserne hätte ich mir nicht anders vorgestellt. Mit dem kleinen Unterschied, dass diese Sachen bestimmt nicht als verkohlte Reste in einer Schubkarre liegen würden. Nur vereinzelte Fetzen und Fragmente ließen erkennen, worum es sich einst gehandelt haben mochte.

»So ein Mist. Das wären tolle Beweise gewesen«, raunte ich und drückte die Klinke herunter.

Nun standen wir in einem kleinen Gang. Er war nicht erleuchtet. Das einzige Licht kam vom oberen Stockwerk, in das eine Treppe vor uns führte.

Auf Zehenspitzen schlichen wir die Stufen hinauf. Nun standen wir in einem weit ausladenden Flur, von dem viele Türen in andere Räume führten. Eine weitere Treppe verlief abermals nach oben. Uns gegenüber lud eine offene Tür ins Wohnzimmer ein, daneben lag ein Arbeitszimmer und von uns aus gesehen links die Eingangstür. Rechts der Wohnzimmertür war noch eine weitere Tür. Zwei an ihr befestigte Buchstaben machten klar, dass sich dahinter die Toilette befand.

Axel und ich sahen uns an. Eine Mischung aus Anspannung und Vorfreude blickte zu mir zurück.

»Du übernimmst zuerst das Wohnzimmer«, flüsterte ich ihm zu. »Und ich nehme mir das Arbeitszimmer vor, einverstanden?«

Axel sagte nichts, er nickte nur.

»Wir suchen in erster Linie nach stichhaltigen Beweisen. Bestenfalls gleich nach dem Mistkerl selber. Und dann Gnade ihm Gott!«

Wieder quittierte Axel mit einem Nicken.

»Gut, also«, ich war schon auf dem Weg zum Zimmer. »Viel Erfolg!«

Von unserem Standpunkt aus konnten wir nicht in die Küche sehen. Und damit auch nicht den hinter deren Tür stehenden Mann.

VERGANGENHEIT

Zwei Jahre zuvor, Juni

Ich gratuliere Ihnen herzlich!«
Die Hand, die ihm sein Oberstufenkoordinator freundlich entgegenstreckte, ergriff er so teilnahmslos, wie er dessen Verkündung über das wohl am knappsten bestandene Abitur entgegengenommen hatte.

Ohne etwas zu sagen, nahm er das DIN-A4-Blatt mit der Bestätigung entgegen und verließ den Raum. Vor der Tür warteten noch eine Menge Mitschüler, alle mit großer Anspannung ob ihres eigenen – noch unbekannten – Prüfungsergebnisses. Er würdigte sie eines leeren Blickes, schloss die Tür hinter sich und schritt wie in einer Blase gefangen den Gang hinunter. Weg von dieser Schule, weg von diesen Lehrern, weg von diesen Mitschülern. Siebenunddreißig von ihnen waren vor ihm laut jubelnd aus eben demselben Raum getreten, ihre Trophäe über das erfolgreich bestandene Abitur in die

Höhe gereckt, und ließen sich von den anderen feiern. Ganz anders er – und daher hatten wohl auch
viele kurz gedacht, er hätte es nicht gepackt (oder
erwartet, oder erhofft?). Doch die Mitteilung über
sein Abschneiden in seinen Händen – die achtund-
dreißigste an diesem Tag, die jedoch nicht mit einem
Jauchzen in die Luft gestoßen worden war – strafte
sie alle Lügen. Vermutlich war auch deswegen keiner gratulierend auf ihn zugekommen. Er hatte sie
überrascht, in eine Schockstarre versetzt – ja, er
hatte es ihnen allen gezeigt. Diesen Misthunden,
die sich fast zwei Jahre lang der mentalen Folter an
ihm durch die sogenannten Pädagogen ergötzt hatten. Jetzt war es vorbei!

Ohne ein Gefühl für die Wärme draußen zu
empfinden, trat er hinaus in diesen sonnenbeschie-
nenen Junitag vor dem Schulgebäude. Jenseits des
Pausenhofs, zum Eingang der Schule, hatte sich
schon ein Großteil der siebenunddreißig Absolventen seines Jahrgangs zusammen mit einigen aus
dem letzten Jahr zum Feiern zusammengefunden.
Laute Partymusik drang aus einem Auto, dessen
vier Türen samt Heckklappe weitestmöglich von
ihm abstanden, wie auch das Geklirr aneinander-
stoßender Bierflaschen.

Als würden die wummernden Basstöne ungebe-
tene Besucher mit ihren Schallwellen auf Abstand
halten, wandte er seine Schritte zur Seite und auf
einen der Nebeneingänge der Schule zu, vorbei an

den Sportplätzen und durch einen kleinen sommerlichen Park einen Weg entlang, der ihn zu den Bushaltestellen führte. Der nächste Bus würde ihn hoffentlich bald nach Hause chauffieren.

Um diese Zeit war der Park verlassen, vereinzelt wäre Vogelgezwitscher an seine Ohren gedrungen, wenn er in diesem Moment Gehör dafür gehabt hätte. Neben einer Parkbank war ein Müllkorb angebracht. Ein guter Platz für den Schund in seiner Hand. Noch sah der Eimer recht leer aus, doch würde sich dies wohl mit Sicherheit ändern, wenn die da hinten ihre Partypläne weiterverfolgten. In wenigen Stunden würden hier so viele ungefüllte braune Glasflaschen herumstehen, dass sich der nächste Penner über einen gehörigen Geldsegen freute. Und dann im Müll selbst noch seine Abiturbescheinigung? Sodass jeder sie einsehen konnte? Nein, diese Genugtuung würde er ihnen nicht bieten.

Nun sah er zum ersten Mal auf das Papier in seiner Hand und auf das rekordverdächtige Ergebnis der wahrlich schlechtesten Abileistung, die wohl möglich war. Ganz ehrlich, wenn schon der beste Abiturient des Landes – sicher wieder so ein sozial völlig unbeholfenes Genie mit 15-Punkte-Schnitt – ausgezeichnet wurde, hätte er sich die Goldene Himbeere dieses Jahrgangs ebenso verdient. Und er würde auch zur Preisverleihung gehen!

Er würde dafür ja genug Zeit haben, denn welche Arbeitsstelle würde man mit so einem Abiturergebnis schon bekommen? Selbst der Lehrstuhl für den Studiengang Straßenfegerei würde seine Bewerbung ablehnen.

Aber was hilft das Ärgern. Daran rütteln konnte man ja auch nicht mehr. Und zur Nachprüfung antreten? Denn würde er diesen Saftsäcken, die ihm dieses Ergebnis eingebrockt haben, noch einmal unter die Augen treten müssen. Wollte er seinem Deutschlehrer wirklich – und das freiwillig – die Gelegenheit liefern, sein liebstes Opfer ein letztes Mal zu schikanieren? Abgesehen davon, dass sich das Ergebnis kaum verbessern würde. Nein, das wäre ja sogar schlimmer, als seine Zeit nur zu verschwenden.

Diese Schule wollte er für alle Zeit das letzte Mal gesehen haben. Noch …

GEGENWART

29. April, 14:23 Uhr

Nun denn.

Mit leisen Schritten betrat Axel das Wohnzimmer. Durch das Sonnenlicht, das durch die frisch geputzten Scheiben fiel, wurde es hell erleuchtet.

Wir suchen nach Beweisen. Aber was genau soll man sich darunter vorstellen?

Er machte drei Schritte ins Wohnzimmer und stand nun vor einem Schrank.

Probieren wir's.

Er zog die erste Schublade hervor. Sie enthielt nur Schreibwaren, Tesafilm, Büroscheren, Locher, Tacker und dergleichen.

In der zweiten entdeckte er alte Musikkassetten.

Er schob sie wieder zurück und schloss seine Finger um den Knauf einer dritten.

»Na hoppla!«, flüsterte Axel überrascht.

Ein Revolver.

Er sah aus, als würde ihn jemand sehr gut pflegen. Das Eisen blitzte regelrecht. *Ob er wohl geladen ist?*

Axel versuchte, die Trommel aufzuschieben. Er war so konzentriert, dass er den Mann hinter ihm nicht bemerkte.

Ebenso wenig das Aufblitzen der Klinge in dessen Hand.

GEGENWART

Nanu, das ist doch der Typ von vorhin aus dem Internetcafé. Der hat vielleicht Nerven, sich hier blicken zu lassen und rumzuschnüffeln. Jetzt ist aber Schluss damit!

Er verfestigte den Griff um sein Wurfmesser.

Seine morderprobten Hände näherten sich dem blond gelockten Hinterkopf.

Mit einer schnellen Bewegung legte er seine freie Hand auf die Augen des Jungen und zog dessen Kopf nach hinten.

Ehe dieser auch nur einen Laut herausbringen konnte, legte er die frisch geschliffene Klinge auf seinen Hals.

Dann, mit einem kräftigen Ruck wanderte das Messer einmal über die Kehle.

Ein widerliches Gurgeln war zu hören. Der Körper begann, heftig zu zucken. Mit großem Druck wurde der Lebenssaft aus ihm herausgepresst.

Nur wenige Sekunden später fiel der Jugendliche, immer noch unter Krämpfen, mit dem Gesicht voran auf den Boden.

Einige Augenblicke folgte er seelenruhig diesem Schauspiel, bis der Körper allmählich erschlaffte.

Die Blutlache darunter wurde langsam größer.

GEGENWART

Also hier war nichts.
Ich hatte das gesamte Zimmer durchsucht.
Doch hier schien nur ein sehr talentierter Schrift-
steller seine Werke zu verrichten. Manuskripte
stapelten sich reihenweise auf Schreibtisch und
Schränken.

*Mal schauen, was Axel so treibt, vielleicht hat der ja
etwas Interessantes gefunden.*

Langsam schlich ich aus dem Arbeitszimmer,
schaute mich im Flur um, erblickte immer noch keinen Menschen, machte einen Schritt vor die Wohnzimmertür – und meinte im nächsten Moment, der
Boden würde unter mir wegbrechen.

Ein Anblick unvorstellbaren Grauens!

Axel lag vor mir.

In einer Stellung, als wäre er einfach so eingeschlafen. Doch mit Schlaf hatte die Blutlache um
ihn herum nichts zu tun.

Ich stürzte auf ihn zu, kniete vor ihm nieder und drehte ihn um.

Aus leblosen Augen starrte einer meiner besten Freunde zu mir auf. An seinen Nasenlöchern und seinem Mund hatten sich kleine Blutrinnsale gebildet. Kleine Blasen hingen in seinen Mundwinkeln. Sein Hals glänzte nur so vor Blut.

Ich umklammerte sein Handgelenk und bemerkte das von kalten Fingern gehaltene, harte Metall.

Es war ein Revolver. Auch an ihm befand sich Blut.

Ich blickte zurück in sein Gesicht. Mit einer Hand fuhr ich über seine Augen. Der tote Blick meines Freundes war für mich keine Sekunde länger zu ertragen.

»Oh, Gott, Axel, was ist mit dir passiert?«, stammelte ich.

»Das Gleiche, dass dir auch gleich passieren wird, du Rotznase!«

Mir wurde fast schlecht. Er stand direkt hinter mir. Seine laute Stimme sagte es mir.

Mir war klar, dass er immer noch das Messer haben musste, das mich nun einen ermordeten Freund in Händen halten ließ. Doch mein Körper wollte mir nicht gehorchen. Nichts schien sich rühren zu können.

Sachte legte ich die sterblichen Überreste Axels vor mir auf dem rot überfluteten Boden zurück. Ich erhob mich nicht, noch drehte ich mich um.

»Andrej, nehme ich an, richtig?«

Angst durchströmte mich wie ein kalter Todeshauch. Zugleich vermochte ein unglaublicher Wutschwall meine Sinne zu schärfen.

»Ganz recht und woher weißt du das?«

»Seit zwei Tagen sind wir dir auf der Spur, seit du dieses Massaker an meiner Schule angerichtet hast!«

Der Mann hinter mir lachte.

»Dann darf ich annehmen, dass du also dieser Quälgeist bist, der mir beim Löschen meiner Website zweimal in die Quere gekommen ist?«

»Du hast es erfasst.«

»Wusste gar nicht, dass sie dir gleich so sehr gefällt. Sei es, wie es sei. Die Sauerei da drin habe ich allerdings nicht allein zu verschulden, finde ich. Diese bekloppten Oberpädagogen, du kennst sie ja sicher auch, tragen ebenfalls einen Großteil der Schuld.«

»War das etwa dein Motiv?«

Immer noch hatte ich ihm den Rücken zugewandt. Mein Herz pochte wie ein Vorschlaghammer in meiner Brust. Ich hatte keinen Schimmer, was hinter mir vorging. Doch noch schien dieses Arschloch einfach dazustehen und seinen Triumph auszukosten.

»Richtig. Denn diese Mistsäcke haben es so hingedreht, dass ich zwar meinen Abschluss mache, aber was war der schon wert? Gut genug, dass ich das Abi nicht wiederholen muss, aber zu schlecht für alles. ›Allgemeine Hochschulreife‹, dass ich nicht lache! Den Unis war ich zu blöd und für Ausbildungsberufe ›überqualifiziert‹, wie sie es so schön nannten. Mein ganzes weiteres Leben haben sie mir kaputtgemacht!«

»Und das hat dir wirklich gereicht, um unschuldige Menschen zu erschießen?«

»Ach, die haben es doch jetzt eh besser, wenn sie diese hässliche Anstalt nicht mehr besuchen müssen.«

»Ich hab gesehen, wie gut du es ihnen gemacht hast.« Meine Stimme bebte vor unterdrückter Wut. Nur mit Mühe hielt ich mich davon ab, mich mit einer plötzlichen Bewegung auf ihn zu werfen und dabei gewiss sein Messer zwischen die Rippen gerammt zu bekommen.

Es war für mich ohnehin kaum auszuhalten, meine Freundin im Kampf gegen den Tod im Krankenhaus zu wissen. Aber dass der Schuldige daran auch noch die Unverschämtheit besaß, sie darüber hinaus noch zu verhöhnen.

Zorn kochte nun so heiß in mir, dass für Angst kein Platz mehr war.

»Verrate mir noch eines, Kleiner«, erhob er erneut die Stimme, als würden wir bei einer gemütlichen Tasse Tee zusammen sitzen. »Warum nimmst du mit Freunden alle Mühe auf dich, mich vor der Polizei zu schnappen. War diese bedauernswerte

Kreatur hier etwa nicht die erste aus deinem Freundeskreis, die ich über den Jordan geschickt habe?«

Schweigen. Ich wollte ihm nicht noch mehr Genugtuung verschaffen. Irgendwie jedoch schien dieser Andrej die Antwort zu erahnen.

»Habe ich vielleicht deine Perle erwischt.«

Noch immer sagte ich nichts. Stattdessen ließ ich meine Hand möglichst unbemerkt zu der von Axel umklammerten Schusswaffe wandern. Diesmal wartete Andrej nicht so lang auf eine Antwort.

»Keine Sorge, du wirst sie gleich im Himmel wiedersehen.«

Ich legte einen Finger an den Abzug.

»Sag Adieu, du kleine Ratte!«, schrie Andrej hinter mir.

Mit einem mächtigen Satz hechtete ich über Axels Leiche. Noch im Flug drehte ich mich, sodass ich nun den Mörder meines Freundes sehen konnte. Ich streckte beide Arme von mir weg. In meinen Händen kaltes Metall.

VERGANGENHEIT

Zwei Jahre zuvor, Juni

Wird denn alle Welt nur von Noten bestimmt? Gibt es keinen beschissenen Personaler auf diesem Planeten, der auch noch für andere Fähigkeiten zugänglich ist?

Wütend zerknüllte er den Bescheid über eine weitere Absage. Die wievielte war das jetzt schon? Ganz gleich, ob Ausbildung oder Studium, die Schulnoten schienen den Leuten immer zu genügen, sich freundlich für die Bewerbung zu bedanken, die man mit Interesse gelesen hätte, ihr jedoch bedauerlicherweise eine Absage erteilen müsste, da es weitaus qualifiziertere Bewerber gäbe.

»Qualifizierter« – allein bei diesem Begriff zog sich seine Galle so schnell zusammen, wie die Gifttasche einer Klapperschlange beim Biss.

Als würden diese Schwachmaten das erkennen können, wenn ihn niemand auch nur einmal zu einem persönlichen Gespräch einlud.

Mit Wucht schleuderte er den Papierballen so weit von sich weg, wie er nur konnte. Die Absage in Kugelform prallte vom Fenster ab und fiel durch den Hals einer leeren Blumenvase, dessen Breite gerade groß genug war, dass sie hindurchpasste. Ein durchaus nennenswerter Kunstwurf, den er jedoch wohl selbst schon gar nicht mehr gesehen hatte. Seine Augen waren in seinen Handflächen vergraben. Während er auf einem Stuhl am Esstisch kauerte, füllte er sie mit heißen Tränen.

Wie sollte das noch weitergehen? Bislang hielt er sich mit Gelegenheitsjobs über Wasser. Was heißt »über Wasser«? In seiner Familie gab es genug Geld. Doch langsam machten ihm auch seine Eltern Druck. Ein Discount-Kassierer, der noch dazu morgens wie ein Teenager, der sich sein Taschengeld aufbesserte, Zeitungen austrug, war ihnen auf Dauer doch zu wenig. Wozu hatte er denn bitte seinen Abschluss gemacht?

Aber wenn doch dabei nichts Zählbares heraussprang?

Wie hatte es nur so weit kommen können?

Und da kam ihm wieder jener warme Sommertag in den Sinn. Die feiernden Mitschüler, die Wartenden vor dem Zimmer des Oberstufenkoordinators, der Händedruck. Der Abiturbescheid. Das feixende, herablassende Gesicht des Deutschlehrers.

Es war an der Zeit, jene dafür zahlen zu lassen, die ihm sein Leben nun so schwer gemacht hatten.

Begonnen hatte es mit einer einfachen, kleinen Fantasie – jenem Raum, in dem man alles tun und lassen kann. In dem jeder selbst der Allmächtige ist. Und alle büßen lassen konnte, die sich an seiner Erniedrigung ergötzt hatten.

Ein Hobby, beinahe eine Manie wurde daraus, als er begann, diese Gewaltvorstellungen bildlich festzuhalten. Ohne dass er es in seinem tiefen Loch aus Hass und Vergeltungssucht registriert hätte, entwickelte er autodidaktisch enorme gestalterische Fähigkeiten mit verschiedenen Bildbearbeitungsprogrammen und Webseitensoftware. Doch wenn einen dieser Zorn und eine solche Wut erst einmal überwältigt haben, ist man unempfänglich für alles, was um jemanden herum geschieht – im Negativen wie im Positiven.

Und es kam der Moment, an dem die Fantasie und sämtliche virtuelle Gewaltdarstellungen nicht mehr ausreichten. An dem er all seinen Peinigern zeigen würde, was in ihm steckte. Wofür er so leidenschaftlich Woche für Woche seine Gegner mit bunten Gallertkugeln aufs Korn nahm.

Die Zeit war reif, sie durch echte Kaliber zu ersetzen. Sein Vater war Jäger und Waffenenthusiast – dafür weniger ein Verfechter von verschlossenen Waffenschränken. Oder überhaupt von Waffenschränken. Jagdgewehre, halbautomatische Feuerwaffen. Und um beispielsweise einen schönen, funktionsfähigen Revolver in die Hand zu bekom-

men, genügte das Ziehen an einer Wohnzimmer-
schrankschublade.

Dass er später, zum Ende hin selbst in den Lauf
jener Waffe blicken würde, wäre ihm nicht in den
Sinn gekommen …

GEGENWART

29. April, 14:27 Uhr

Der Mann hatte die Hand mit einem Messer erhoben.

Mit der Schusswaffe zielte ich auf ihn. Mein Zeigefinger betätigte den Abzug.

Ein ohrenbetäubender Knall ertönte.

Die herausgeschleuderte Kugel traf den Mann genau im Gesicht. Doch noch während sie in ihn ein tiefes Loch bohrte, schleuderte er mit einer schnellen Bewegung seines Arms einen metallenen Schimmer auf mich.

Schließlich fiel der Mann zu Boden. Mein Flug endete schmerzhaft auf dem Boden. Ich schlitterte noch einen guten halben Meter, dann blieb ich liegen. Meine Augen fest auf den mir entgegenfliegenden Gegenstand gerichtet.

Noch ehe ich eine abwehrende Hand von der Waffe ziehen, ja noch bevor ich meinem Körper den Befehl geben konnte, sich etwas zur Seite zu drehen, durchdrang ein heftiger Schmerz meinen Körper.

Die Klinge muss so gründlich geschliffen worden sein, dass sie ohne Mühe tief in den Bauchbereich unter meinen Rippen eindrang. Ich gab einen lauten Schrei von mir. Langsam griff ich mit der Hand an die schmerzende Stelle. Warme Flüssigkeit spürte ich zwischen meinen Fingern.

Kleinen Schlangen ähnlich bahnten sich Blutrinnsale auf meiner Haut ihren Weg nach unten. Ich blieb noch einen kurzen Moment liegen. Jeder Atemzug bereitete mir höllische Schmerzen.

Es war vorbei.

Ich hatte Rache für die Leiden meiner Freundin genommen!

Langsam versuchte ich, mich aufzurichten. Das Messer schien in meinem Körper zu pulsieren. Blut breitete sich über mein gesamtes Shirt aus.

Unter Qualen stöhnend richtete ich mich auf. Ein wenig benommen und mit vom Schuss noch klingenden Ohren wankte ich hinüber zu dem unschädlich gemachten Amokläufer. Er lag auf dem Rücken.

Sein linkes Auge war offen und starrte zur Decke. Sein zweites hätte dies wohl auch getan. Doch statt eines Augapfels gähnte mir nur das tiefe, blutige Loch entgegen, das der Revolver in ihn gerissen hatte.

Mir wurde schummrig. Der hohe Blutverlust forderte seinen Tribut.

Schließlich ließ ich mich an einer Wand sinken, schob mein Handy auf und wählte Ernies Nummer.

Minuten später umfing mich tiefste Dunkelheit.

Leere.

Nichts.

GEGENWART

Ich schlug die Augen auf. Es war dunkel und ich lag in einem Bett. Allerdings nicht in meinem, wie ich schnell erkannte.

Ruckartig erhob ich mich. Und bereute es sofort. Ein stechender Schmerz breitete sich knapp über meinem Bauchnabel in meinem ganzen Körper aus. Ich legte eine Hand darauf. Unter weichen Verbänden waren die Unebenheiten einer frisch genähten Wunde zu spüren.

Langsam nahm ich meine Umgebung wahr. Zu meinen Füßen spürte ich einen leichten Druck. Ich sah zu ihnen hinab. Jemand lag dort mit verschränkten Armen und schlief. Jedenfalls hatte sie es bis eben getan. Mein Erwachen war auch zugleich das ihre gewesen.

Ihre Schönheit vertrieb die Düsternis des Raumes wie gleißendes Licht. Zugleich jedoch erschien nichts in diesem Raum finster genug, um mit ihrem Gesichtsausdruck mithalten zu können.

Mit verschämtem Blick hätte ich mich abwenden können. Es hätte kein besseres Zeichen von Schwäche geben können. So sah ich ausdruckslos und tief in ihre ozeanblauen Augen.

Außerstande, auch nur ein Wort von mir zu geben.

Die Freude über ihren Anblick flüchtete sich in das sehnliche Verlangen, das aus mir herausoperierte Messer hätte mir keine Überlebenschance gegeben.

Ich wagte es nicht, auch nur die leiseste Regung zu zeigen, zwang mich sogar, nicht zu blinzeln. Denn wenn ich es tat, würde Schreckliches passieren.

Sie holte tief Luft.

»Mir wäre am liebsten, du würdest mir sagen, dass du das nicht getan hast.«

Es war wie die Situation, als Andrej hinter mir gestanden hatte. Weiterhin blieb ich stumm. Die Augen unentwegt auf sie gerichtet. Es wäre erträglicher gewesen, wenn sie mich angeschrien hätte. Diese Enttäuschung in ihrer Stimme war schmerzhafter als tausend Messer.

In meinem Kopf spulten sich alle Möglichkeiten einer Antwort ab. Doch weder eine Entschuldigung noch eine Rechtfertigung noch eine Leugnung würden meine Lage irgendwie verbessern.

Stattdessen saß ich weiter da. Starrte ihr ins Gesicht, wie jemandem, der mir den kalten Lauf einer Pistole direkt an die Stirn drückte.

Schließlich schien auch sie erkannt zu haben, dass auch weiterhin keine Antwort von mir zu erwarten war.

»Ich weiß, worüber du nachdenkst. Und ich will es auch gar nicht hören.«

Also hatte ich recht behalten.

»Ich werde es sicherlich nicht gutheißen noch werde ich so etwas jemals als ehrenvoll oder heldenhaft bezeichnen.«

Weiterhin wagte ich nicht, den Blick zu senken, so sehr es mich dazu drängte.

»Doch ich bin immer noch deine Freundin. Und als solche werde ich dir das gewiss auch irgendwann verzeihen.«

»Axels Tod –«

»War nicht deine Schuld!«, unterbrach sie mich.

»Ich habe ihn mit in dieses Haus genommen.«

»Und dennoch war er alt genug, zu entscheiden, ob er dir folgt oder nicht.«

»Er hätte mich nie alleine da hinein gehen lassen.«

»Hör zu. Denk mal daran, was das letzte Mal passiert ist, als du jemandem die Schuld am Unglück eines Menschen gegeben hast.«

Augenblicklich versagte mir die Stimme.

»Und jetzt pass auf. Die Polizei wurde über die Hintergründe von Axels Tod im Dunkeln gelassen.

Ich glaube, dass die aktuelle Ermittlungslage davon ausgeht, dass ihr in dieses Haus einsteigen wolltet und dabei zufällig auf denselben getroffen seid, der...du weißt schon.

Jedenfalls hat Ernie hervorragende Arbeit geleistet, eure Schnüffelei unerkannt zu lassen. Und ihr tätet gut daran, dass das so bleibt.«

»Danke«, sagte ich schwach.

»Ich habe am wenigsten damit zu tun. Bedank dich bei Ernie.«

»Dafür, dass du dennoch etwas mit mir zu tun haben willst, meinte ich.«

»Ich will ehrlich sein, ein wenig ist das, was du unternommen hast, auch nachvollziehbar. Auch wenn ich von dir etwas mehr Köpfchen erwartet hätte.«

Und urplötzlich, nie im Leben hätte ich damit jetzt gerechnet, lehnte sie sich vor und legte ihre zarten Lippen auf meine. Von einem Augenblick auf den nächsten war sämtliches Geschehen der vergangenen Tage wie ausgelöscht. Wohlige Wärme durchflutete meinen Körper bis in jede Zelle. Es tat gut, sie wieder bei mir zu haben.

»Ich habe dich vermisst.«

GEGENWART

1. & 2. Mai

och diese Vorstellung, mit dem für mich schöns-
ten Kuss wären die Ereignisse der letzten Tage
verflogen, sollte nicht lange halten. Bereits am
nächsten Tag wurde deutlich, wie meine Eltern zu
alledem standen.

Auch sie vermochten es, mit enttäuschtem Gesichtsausdruck und völlig sachlich den Mist auf-
zählend, den wir – ich – angerichtet haben, mir
ein so schlechtes Gewissen zu verschaffen, dass ich
wünschte, die Schwester würde mein Schmerzmit-
tel einfach viel zu hoch dosieren.

Dabei konnte ich jedoch noch froh sein, dass auch
sie, wie die Polizei, nur einen Bruchteil der Wahrheit
wussten. Auch die waren mit der Art und Weise,
wie der Amokläufer letztlich zur Strecke gebracht
wurde, alles andere als einverstanden. Allerdings
war ich erleichtert, dass ich mich hierbei nicht von
unbekannten Beamten ausquetschen lassen musste,

sondern Joey kurzerhand aus einem Krankenhausbesuch einen Dienstausflug machte.

Andererseits machte es mir diese Tatsache schwerer, denn einen Freund zu belügen war etwas anderes, als einem Polizisten die Unwahrheit zu erzählen. Irgendwie waren Joey auch wie schon an dem Abend vor wenigen Tagen erneut Zweifel an meiner Version anzumerken. Dennoch bohrte er nicht weiter nach – im Gegenteil:

»Hör mir gut zu«, begann er, sich nachdenklich die Stirn reibend, als müsste er lange nach den richtigen Worten suchen. »Was du und deine Freunde, noch dazu mit eigentlich geschütztem Staatseigentum«, natürlich ging es auch um unsere unerlaubte Benutzung von `Sniper`, »da angestellt habt, würde reichen, um euch massiv die Hammelbeine lang zu ziehen.« Noch wenn ich mir heute diese Worte durch den Kopf gehen lasse, wünschte ich mir, Joey hätte mich dabei angeschrien – es wäre dann besser zu ertragen gewesen. »Allerdings könnte diese ganze Geschichte auch für die Polizei zu einer negativen Schlagzeile werden. Euch kommt zugute, dass die Dienststellenleitung nicht auf lange Storys steht. So haben wir euren Part an diesem Einsatz aussparen und die Benutzung des Programms als Probelauf deklarieren können. Du seist zu deiner Mutter gegangen, um einem persönlichen Verdacht nachzugehen, ehe du dich vor der Polizei blamieren könntest. Daran ist nichts Verwerfliches zu sehen. Auch die Mütze, die ihr aus der Schule entwendet habt, sei in einem Waldstück gefunden worden, nachdem ›junge, sensationsgeile Jugendliche‹, die die Polizei nicht identifizieren, aber in die Flucht schlagen konnte, sie dort wohl verloren haben. Was im Haus von diesem Saukerl passiert ist, war kein Einbruch mit«, er sah mich scharf an und ich verstand seinen Blick, »Todesfolge, sondern eine Geiselnahme, aus der wenigstens eine Geisel«, und Joey bohrte mich mit einem noch durchdringenderen Blick fest, »lebend entfliehen konnte. Bevor wir eingreifen konnten, waren zwei der im Haus befindlichen drei Personen tot, die dritte schwerverletzt. So zumindest kommt es zu den Akten.«

Und dennoch saß ich reglos in meinem Krankenbett, als erwartete ich im nächsten Satz mein Todesurteil.

»Mein Freund, dir ist hoffentlich klar, dass wir – und damit meine ich mein Team und ich – unseren Job riskieren. Aus moralischer Sicht ist dieses Schwein aus dem Verkehr gezogen. Das soll uns reichen. Wie und was ihr damit zu tun habt und wie ihr überhaupt in diese Scheißhütte gekommen seid, kann den Oberen egal sein. Die Wahrheit lässt uns und die Ermittlungsarbeit der Polizei blöd dastehen, daher rate ich dir, auch bei dieser Geschichte zu bleiben. Oder sag einfach gar nichts! Denn ich geh nicht allein vor die Hunde, das schwöre ich dir.«

Und ich nahm ihn beim Wort. Von einem Freund bekommt man nicht oft eine Drohung ins Gesicht gepfeffert. Doch mit etwas Abstand war sie sicher gerechtfertigt. Beeindruckt hat sie mich in jedem Fall. Mit Sicherheit würde er mit der Zeit auch wieder ein richtiger Kumpel für mich sein. In diesem Moment jedoch war er die Sorte Autoritätsperson, vor der man sich nicht mal ohne Bitte den Blick zu senken traut.

Aber das wohl schlimmste Erlebnis im Krankenhaus war jener Tag, an dem mich Axels Eltern besuchten. Meine Eltern und meine Freundin wichen oft nur nachts von meinem Bett. Trotzdem hatte ich in einsamen Nachtstunden immer viel Gelegenheit, mir die Umstände von Axels Tod immer und immer wieder ins Gedächtnis zu rufen. Beinahe in der Hoffnung, diese Qualen mögen meine Schuld daran sühnen.

Was jedoch an diesem Tag in meinem Krankenzimmer passierte, übertraf selbst die bittersten Stunden, in denen ich allein an meinen verstorbenen Freund dachte. Seine Eltern hätten bestimmt recht daran getan, mir alle Schuld dafür zu geben, meinen Namen bis in alle Ewigkeit zu verfluchen. Aber nein.

Sie dankten mir am Ende. Dankten mir dafür, dass ich ihnen über eine Stunde lang detailliert erzählte, wie genau ihr Sohn aus dem Leben gerissen worden war. Wie er mir sogar das Leben gerettet hatte, indem er den Revolver gefunden hatte. Es mag auch nur meine Hoffnung gewesen sein, doch am Ende unseres Gesprächs sahen beide, obwohl immer noch mit großer Trauer erfüllt, sogar ein wenig erleichtert aus.

GEGENWART

Am Tag meiner Entlassung fand zugleich die Trauerfeier für die Opfer des Amoklaufs sowie für meinen Freund Axel statt. Die Beerdigungen waren in kleineren, familiären Kreisen durchgeführt worden. Auf der Trauerfeier sah ich auch Tim, Moritz und Ernie wieder. Wie ich, so waren auch sie von der Nachricht über Axels Tod und die anschließenden Schelten und Befragungen über alle Maßen mitgenommen.

Kaum ein Wort wechselte der eine mit dem anderen. Von vielen Mitschülern erntete ich sogar bewundernde, gar ehrfürchtige Blicke als jener, der dem Schuldigen an so vielen Toten die in ihren Augen gerechte Strafe zugefügt hatte.

Ein großes, steinernes Mahnmal wurde enthüllt. In Messinglettern war der Name eines jeden verstorbenen Schülers, Lehrers und Mitarbeiters aufgeführt.

Auf meine Initiative hin war auch Axels Name auf ihm zu lesen. Während die Schüler eine Rose dem Grabmal zu Füßen legen sollten, ließ ich diesen Namen keine Sekunde aus den Augen.

Und auch nachdem wir lange nach Ende der Zeremonie noch vor dem eigentlich sehr unkreativen, marmornen Block standen, konnte ich meine Augen nur schwer davon abwenden. Viele waren bereits gegangen. Darunter auch unsere Eltern.

Fest an mich gedrückt hielt ich meine Freundin in den Armen. Zu meiner Linken stand Tim, auf der rechten Seite Ernie und Moritz, der soeben einen Flachmann hervorgezogen hatte.

»Auf Axel«, sagte er, erhob den Flachmann und nahm einen kräftigen Schluck.

»Auf Axel«, wiederholte Ernie, nachdem Moritz ihm den Flachmann weitergereicht hatte.

Als Ernie ihn mir übergab, betrachtete ich ihn genauer. Es war genau jener Flachmann, den Axel Moritz letztens zum Geburtstag geschenkt hatte.

»Er war ein toller Freund«, seufzte ich und trank ebenfalls.

»Er ist immer noch ein toller Freund«, widersprach mir das Mädchen an meiner Seite. Obwohl sie keinen Alkohol trank, nahm sie mir den Flachmann aus den Händen und setzte ihn ebenfalls an die Lippen. Dann reichte sie ihn an Tim weiter.

»Möge der Schuldige auf ewig in der Hölle schmoren.«

Ein außergewöhnlich warmer Sonnenstrahl fiel auf den Namen meines Freundes und auch auf mich.

Der Vorbote des Höllenfeuers.

Einen Schuldigen hatte ich bereits erwischt.

Um den Preis, mich selbst ebenso schuldig gemacht zu haben.

Zeitfracht Medien GmbH
Ferdinand-Jühlke-Straße 7
99095 Erfurt, Deutschland
produktsicherheit@kolibri360.de